パンドラ　猟奇犯罪検死官・石上妙子

内藤 了

角川ホラー文庫
20308

目次

【主な登場人物】

石上妙子《いしがみたえこ》　東京大学法医学研究室に在籍する大学院生。
両角教授《もろずみ》　死因究明室と呼ばれる研究室の教授。
ジョージ・C・ツェルニーン　法医昆虫学者。客員教授。
町田久進《まちだひさみち》　死因究明室の検査技師。
千賀崎清志《ちがさききよし》　フリーライター。「週刊トロイ」の記者。
照内五郎《てるうちごろう》　警視庁足立区西荒井警察署の刑事。もと鑑識官。
厚田巌夫《あつたいわお》　警視庁足立区西荒井警察署の新米刑事。

——吾《われ》は火盗みの罰として、人間どもに一つの災厄を与える。
人間どもはみな、己の災厄を抱き慈しみつつ、喜びを楽しむことであろう——

ヘーシオドス：仕事と日・パンドラの物語

プロローグ

背中を向けて白いブラジャーのホックを留める少女を、男は運転席から眺めていた。魅せることにも、見られることにすらまだ長《た》けていない背中には、いたいけで、あからさまな性が透けている。視線をフロントに転じると、新緑の上に真っ青な空が広がっていた。気怠《けだる》さに身を任せながら、男は、彼女が身支度を終えたら、そばでも喰《く》いにいこうと考える。だが、少女はセーターを引き下げて、乱れた前髪を掻《か》き上げると、生真面目な顔でこちらを向いた。

「山上《やまがみ》さん、大事な話があるんだけど……美術教師をしてるって、嘘でしょう?」

少女のおでこはニキビの花盛りで、大人びた口調が滑稽《こっけい》でならない。

「嘘じゃないさ」

視線を逸《そ》らすと、倒したシートに伸ばした体に、少女は覆い被《かぶ》さってきた。

「うそ。それと、詩人っていうのも嘘でしょう」

サイドレバーに手を伸ばし、男はシートごと起き上がった。キーを回してエンジンをかける。

「嘘じゃない。詩を書いてプレゼントしたろ？　それに、君をスケッチしたじゃぁないか……そのスケッチ、あげたよね？　ストッキングを買ってやった日に」

少女は疑《うたぐ》り深い目つきで唇を噛《か》み、シフトレバーにかけた手を押さえた。

男は舌打ちして、エンジンを切った。小娘が、一丁前に『女』の面《ツラ》をしやがって。

彼女と会うのはこれが五度目だ。重い学生カバンをぶら下げて、トボトボと商店街の外れを歩いていたのに声をかけ、喫茶店に誘ったのが始まりだった。初めてのデートでドライブに誘い、郊外のモーテルで情を交わした。別れ際に次の約束を取り付けて逢瀬《おうせ》を重ね、今日はここまでやって来た。会う度に少しずつ図々《ずうずう》しくなってきた少女は、車内での情交も拒まなかった。

「あたしね、一昨日《おととい》、駅前で山上さんを見たよ。知らない女と喫茶店から出て来るところ。あたしの時とおんなじに、詩集とスケッチブックを持っていた」

「ああ、あれね」

手持ちぶさたにルームミラーを直しながら、男は言う。

「似顔絵を描いて欲しいと頼まれたんだよ」

「ウソ」

と、断定されたので、少し口ごもりながらも、

「そうそう。それだけじゃなかったな」

と、付け足してみた。

「ぼくは政治的な活動もしているから、そっちの話を少しばかりね。彼女も同じ仲間だから」

少女は何も答えずに、いきなり腕をつねってきた。

「痛《いて》えな、何すんだ」

不意の仕打ちに腕をさすって声を荒らげる。けれど彼女は怯《ひる》まなかった。今では鬼の形相で、真っ向から男を睨《にら》み付けている。

「高校を出たら結婚しようって、あたしにそう言ったよね？　きみは運命の人だって。ずいぶん話が違わない？」

「違う？　何が」

「あたしを弄《もてあそ》んだのって訊《き》いてるの。駅で彼女を待ち伏せて、山上さんとはどういうご関係ですかって訊いたのよ？　そうしたら、山上さんって誰ですかって。あんたは今井《いまい》さんだって。美術教師じゃなくて洋画家で、年も、二十三じゃなく八だって」

「それは……だから」

「あたしを騙《だま》してたんだよね？」

「騙しやしない」

「高校生だから甘く見て、あたしを騙してたんだよね？　結婚するっていうのも嘘だよね？　こんな関係になったのに、あの女と別れないなら訴えてや……」

男は突然、拳《こぶし》を飛ばした。あまりに強いその衝撃で、少女はドアガラスに頭を打った。唇が切れて、血が滲《にじ》んでいる。一瞬の驚きから解放されると、

「撲《ぶ》つなんて！」

少女は狂ったように大声を上げた。

ただ、つなぎ止めようとしただけだ。簡単に騙されるほど自分が間抜けだったと思うのも我慢できない。だから裏切りが許せない。それなのに……よくも……

怯《おび》えるというより怒りの炎が、少女の両目に燃えている。彼女は切れた唇を手の甲で拭《ぬぐ》うと、涙を堪《こら》えて男を睨んだ。

「よくも……あたしのお父さんは検察官よ。あんたのことを訴えてやる。偽名を使っていたことも、あたしを強姦《ごうかん》したことも」

「なんだと！」

その瞬間、男は少女の髪を鷲掴《わしづか》みにして、ダッシュボードに叩《たた》きつけた。悲鳴を上げて彼女は暴れ、一つかみの髪を男の手に残したまま、ドアを開けて、転げ出た。

そこは寂しい林道で、右も左もただの森だ。騒ぎに驚いた鳥が飛び立っても、人影はない。飛び出したとき地面にしたたか膝《ひざ》を打ったが、かまわずに立ち上がる。慌てすぎて靴が脱げ、スカートの裾《すそ》を踏みつけた。そのとたん、また髪を摑まれて、引き倒された。

「強姦だぁ？　嘘つきだと？　別れて俺を訴える？　上等だ。それならおまえに買ってやったストッキングを返せ！」

スカートに手を突っ込まれ、たくしあげたばかりのストッキングを下着ごと乱暴に引き剝《は》がされる。少女は、「ぎゃあーっ」と、悲鳴を上げた。

「助けてーっ！　だれ」か。

存分に叫ぶ間もなく喉《のど》が詰まった。ストッキングで首を括《くく》られ、恐ろしい力で締め上げられる。両手を喉に食い込ませても、気道を確保することができない。指が引っ搔くのは自分の皮膚で、何倍も早くストッキングが喉に食い込み、頭には血が上り、耳と鼻から流れ出し、眼球の毛細血管が切れて、景色が染まる。

「嘘つきだと？　誰が嘘つきだ、え、言ってみろ、誰がだ、え、言ってみろ！」

梢《こずえ》も空も急速に歪《ゆが》んで、見える景色が目まぐるしく変わる。下草、森、そして土、砂利道、落ち葉……助けは来ない。目眩《めくるめ》く視界の片隅に、可憐《かれん》な花が飛び込んでくる。

あ。花だ。薄れてゆく意識の中で、その花はあまりにも青く鮮やかだ。

まるで星みたい……。

最期のとき、少女は花の名前を思った。

第一章　少女連続失踪事件

先週見かけた古い家が、すっかり更地になっている。

早く立ち退けといわんばかりに、残った家々の玄関を、重機とバリケードが塞《ふさ》いでいる。質《たち》の悪い地上げ屋が嫌がらせで持ち主を追い出して、タダ同然で買い叩いた家を更地にして高く売る。連日のようにメディアが取り上げる社会問題を目の当たりにしていると知って、石上妙子《いしがみたえこ》は首を竦《すく》めた。この長屋もついに被害に遭った。狭い路地に並ぶ植木鉢と、そこに咲く花が好きだったのに、残念だ。

異常な好景気が激しく街を変えていく。昔ながらの町並みが破壊され、そこにすぐさまビルが建つ。金利は上がり、融資は緩く、企業も、人も、借金を前提に行動している。何かが変だと感じているのに、忙しすぎて検証できない。どこかが狂っていると思うのに、妙子自身も忙しすぎた。

実際、昨日もそうだった。

死体検案書の記載について考慮している間に、教授は接待で退館していた。今日こそは指示を仰ぐつもりで夜明けと共に家を出たが、教授を捕まえられるかは五分五分だった。各種のセミナー、フォーラムにシンポジウム。東京大学法医学部の両角《もろずみ》教授は忙しい。

彼のデスクにはいつでも書類に押せるよう印鑑が置かれている。内容を精査せずに判を押せば、問題が発覚した時に責任を問われる。にもかかわらず、ベルトコンベアー式に仕事が来て、ベルトコンベアー式に流れていき、大抵は問題が発覚する暇もない。手抜きをしているわけではなかったが、些末《さまつ》な事象を念慮する暇さえ許されないほど、検死の依頼は多かった。湯水のように予算が動く。何かがおかしいと感じていても、妙子もどうすればいいのかわからない。とりあえず、件《くだん》の死体検案書には印鑑を押さず、提出しないで持ち帰った。

教授に疑問を提示して判断を仰ぎ、特筆事項に一筆書き加えさせてもらうだけでいい。妙子はそれが、手探りの自分にできる小さな一歩だと感じている。

昨日、司法解剖に附されたのは、山林で自殺したと思《おぼ》しき少女の遺体で、死後ひと月余りが経過して、すでに白骨化が進んでいた。

遺体が持ち込まれたとき、警察は、身元の確認と、『定型縊死《いし》による自死』という検死結果を欲しがっていた。

自死と判断された根拠は、失踪《しっそう》直前に少女が家族とトラブルを起こしていたことで、激情タイプだった少女の性格に鑑《かんが》みて、当てつけの自殺はあり得ると遺族の証言が取れていたからだった。ただし、遺体が見つかったのは失踪場所から百キロ以上離れた軽井沢《かるいざわ》で、少女には土地勘がなく、移動手段も不明であった。少女は足立《あだち》区在住で父親が検察官だったため、捜索願を受理した西荒井《にしあらい》警察署は自死という判断に疑問を差し挟まれないよう、妙子が在籍する東京大学法医学部へ司法解剖を依頼してきたというわけだ。

遺体のそばには遺書と思しき紙片が残されていたらしい。劣化が激しく、全文を判読することはできなかったが、死と愛を美化する詩のようなものだったと聞く。

――いかにも娘っ子が書きそうな、甘ったるい中身でしたがね――

と、検死に立ち会った刑事は言った。

妙子が不審に思うのは、その遺書の一部が口腔《こうこう》内部に付着していたことだ。下顎骨《かがくこつ》を含む少女の頭蓋骨《とうがいこつ》は、胴体から離れた場所で見つかっている。おそらく野生動物が運んだからだが、遺書を残して死ぬ場合、人は普通、それを胸に抱いて逝くのではないか。もしくは首吊《くびつ》りのために選んだ木の、根本に揃えた靴に挿すとかではあるまいか。紙一枚に書かれた詩のような遺書が、胴体ではなく頭蓋骨と一緒に見つかったことが、妙子は不思議でならなかった。

地上げ問題同様に、山間部では野犬の被害が増えていた。家も車も家具も、子供のオモチャさえ、何もかもが巨大化していくなかで、大型犬のペットブームが起きており、飼いきれなくなった犬が山に捨てられ、野生化しているせいだった。

少女は靴を履いていなかったが、靴は周囲の草むらへ持ち去られ、遺体もまた食い荒らされて随所に散らばっていたという。それゆえ定型縊死が行われた場所の特定はされておらず、地元住民が山菜採りに入らなかったら、少女は永遠に行方不明のままだったかもしれない。

朝食をとってこなかったので、妙子はパンを買うためにコンビニへ寄った。栄養バランスを考えてフルーツヨーグルトも手に取ると、缶コーヒーと一緒にレジへ持って行く。レジ横に並ぶ朝刊には、日本企業が数十億円で落札した著名画家の作品について、追跡記事が載っていた。

(景気のいい話だこと)

妙子は鼻を鳴らしたが、数十億円の絵画より、その下に小さく載った記事が気になった。【戸田《とだ》雅子《まさこ》さんを捜しています】

まだあどけなさの残る少女の写真が、輝くような笑顔を向けている。東大のキャンパスを行き交う若者たちと変わらない年齢だと思ったとたん、店員がレジを打ち終える前に、朝刊を追加していた。

石上妙子は二十七歳。東大法医学部で博士課程を学ぶ大学院生だ。学友たちの多くは卒業と同時に就職を決めて、すでに様々なステージで活躍している。ここ数年は新卒者の売り手市場で、就職試験に接待旅行がセットされ、新人研修は海外で、二年目からは役職に就き、高給優遇、ボーナスは三桁《けた》。異常景気と揶揄《やゆ》されながらも、その隆盛は止まらない。

女友だちの中には、就職先で、高学歴、高収入、高身長の3高男子を摑《つか》んで結婚し、専業主婦になった者も多いが、妙子自身は卒業の頃とほとんど変わらぬ院生暮らしを続けている。学割を最大限に活用して簡素な生活をしている彼女は、高級ブランドに身を包み、札束で頰を張るような仕事をしている友人たちと、いつしか距離を置いていた。東京に出て来た頃に借りた安アパートに住み、白衣に隠れてしまうファッションには気を遣わず、丈夫なメガネ、手入れの簡単なボブカット。アパートと大学を往復し、生きた人間といるよりも、死体と過ごす時間のほうが多い毎日を送っている。

妙子のふたつの拘《こだわ》りは、『女だてらに』と嗤《わら》われようとも、好きな煙草を吸うことと、どれほど研究に明け暮れる毎日であっても、研究員が愛用するサンダルではなく、乏しい収入をやりくりして買う高価なヒールを履くことだ。

法医学という研究職を選んでからずっと、優秀であることと女であることは相反すると決めつける男の偏見と闘ってきた。容姿はともかく、美脚だけはそこそこ誇れると妙子は密《ひそ》かに思っていて、だから極力ヒールを脱がない。自分は生まれたときからずっと女だ。女だからどうだというのだ。高価で履きやすいヒールには、妙子の叫びが詰まっている。

女に生まれてよかったと、本心から思っている女性なんかいない。と、妙子は思う。男はそれを知ろうとしない。女であることは面倒臭い。特に男社会で働く場合は。

そんな妙子も、博士号を取得した後、自分はいったいどうなるのだろうと不安に思うことがある。どうなりたくて、自分はここにいるのだろう。きらびやかに変化していく社会や知人を眺めていると、呼吸が苦しくなることもある。石上は優秀だからなと、会話を終わらせる口実に持ち上げられるのは特に苦しい。

生きている人間はよく喋《しゃべ》るけれど、その言葉には裏表があって、真意を計るのが難しい。死んだ人間は饒舌《じょうぜつ》ではないが、遺体は決して嘘を吐かない。法医学を志したのはそんな単純な理由からだったが、十年近くも大学にいると、血も、肉も、脳みそも、古めかしくて威厳のある建物に取り込まれ、社会に居場所がなくなっていくようで怖くなる。妙子はいつの間にか、生者よりも死者のほうが理解しやすいと感じるようになっていた。

コンビニのドアに自分が映る。瘦《や》せて血色の悪い妙齢の女。結婚の予定があるわけでなく、恋人がいるわけでもない。地味なファッション、瓜実顔《うりざねがお》に切れ長の目、どこをとっても細長い貧相な姿から目を逸《そ》らし、妙子は足早に街へ出た。

赤門《あかもん》をくぐると、六月の構内はまばゆい新緑に覆われていた。

古い煉瓦《れんが》の鄙《ひな》びた赤に、瑞々《みずみず》しい若葉と青空のコントラストが妙子は好きだ。変則的な敷地の構内は、所々で通路よりも建物のほうが下がっている。敷石は変形しているし、いつもどこかで工事をしている。こうした構内を歩くにはサンダルのほうが便利なのだが、妙子は頑《かたく》なにヒールを脱がない。医学館脇の狭い階段を下ると、エアコンの室外機が置かれた裏道みたいなスペースがあるが、そこが妙子の憩いの場所だ。彼女はそこで缶コーヒーを開け、朝刊を読みながらパンを齧《かじ》った。

【戸田雅子さんを捜しています】

五月末。埼玉県蕨《わらび》市に住む女性から、筆者は一本の電話を受けた。失踪《しっそう》した娘について、なんでもいいから情報を得たいので力を貸して欲しいという相談だった。

娘の名前は戸田雅子。十九歳の信用金庫職員で、都内の職場に勤めていたが、職場から社員寮へ帰るまでの間に失踪してしまったという。

母親の話では、雅子に素行不良はなく、いたって真面目。恋人もおらず、職場と寮を行き来する毎日。失踪当時は昇進試験に向けて勉強中だったはずという。勤め先の信用金庫には通勤用の自転車が残されたままで、社員寮の自室にも書き置きのようなものはなく、洗濯物も干しっぱなしになっていた。警察に失踪届を出したものの杳《よう》として行方は知れず、藁《わら》にもすがる思いで筆者に電話してきたという。

記事を読むうちに、妙子は気付いた。紙面のその部分は太枠で囲われており、通常の新聞記事とは別の括《くく》りになっている。有料新聞広告のひと枠を、娘捜しに活用したものらしい。記事の最後には（筆者：千賀崎《ちがさき》　連絡先：〇〇―〇〇〇〇）と記載があった。

「千賀崎……？」

妙子はその名に覚えがあった。どこで見かけた名前だったか。

パンの一口を呑《の》み込んで、ビニール袋を叩いて潰《つぶ》し、缶コーヒーを飲み干した。最初は、掲載された少女の写真が構内の学生たちに被《かぶ》って見えたから新聞を買った。でも、それだけじゃない。どこかで同じような記事を読んだ記憶があったのだ。

「そうだ……」

呟《つぶや》いて妙子は宙を見上げた。高い通路を支える高架下の暗がりが視界に入った。

「『週刊トロイ』だわ。喫茶室の」

妙子が通う医学館の一階には喫茶室兼喫煙所があり、利用者が読み捨てていく雑誌やタブロイド紙などが置かれている。トロイにも同じような記事が載せられていたのを、つい昨日、一服しながら読んだところだったのだ。蕨市や川口《かわぐち》市、隣接する板橋《いたばし》区や足立区で、少女失踪事件が起きているというような記事だった。

タイトルは、確か……

「現代の神隠し・消えて行く十代の少女たち」

妙子はタイトルを口に出した。

——どうか娘を捜して下さい——　記事はそんな一文から始まっていた。

ある日突然娘が消える。捜索願を出すものの、一向に埒《らち》が明かない現状を憂慮して、家族が週刊トロイ編集部へ電話を寄こす。

トロイはゴシップネタや衝撃スクープを得意とするいかがわしい週刊誌だが、それゆえネタには飛びつき易い。家族はそこに賭《か》けたのだろう。担当記者が捜索を開始したものの、娘に失踪の理由は見つからず、捜索過程で他にも同様の少女失踪事件が起きていたことを知る。記事の内容は、概《おおむ》ねそんなものだった。

――筆者が知る限り、東北本線沿線で、十六歳から十九歳まで九人もの少女が謎の失踪を遂げている――

あれを書いた記者がたしか、千賀崎だ。神奈川県の茅ヶ崎《ちがさき》と文字違いだと思ったのを、妙子は覚えていたのだった。

朝賣《あさうり》新聞の広告記事は、千賀崎が家族に予算を出させて掲載したものだろうか。

腰掛けた縁石の脇に新聞を置いて、妙子はフルーツヨーグルトの蓋《ふた》を開いた。蓋裏に貼り付いた分を丁寧にスプーンですくって口へ運びながら、もはや生前の顔を想像するべくもなかった昨日の少女を思い出す。千賀崎記者が数えた九人のうちの一人が、昨日解剖した少女であったのかもしれない。

そうだとすれば、痛ましいことだと妙子は思う。遺体を遺族に返すときは、それなりに配慮をするけれど、あそこまでになってしまうと、できることは限られる。そんな娘と対面する家族の衝撃は如何《いか》ほどか。

愛と死へ憧憬《どうけい》を募らせて、山林で縊死《いし》を選んだ昨日の少女は、死後の自分の変化について、何ひとつ想像できなかったに違いない。

仰向《あおむ》いて、飲むようにヨーグルトをかき込むと、朝食は終わりだ。

煙草を出して、火を点《つ》ける。肺に染みこむ煙の痛みを味わいながら、心に溜《た》まるあれこれを、煙と一緒に吐き出した。死者がどんなに誠実であっても、世界は生者が回しているのだ。死んではいけない。死んだら終わりだ。

二センチほど吸って煙草を揉《も》み消し、

「さて」と、妙子は立ち上がった。研究室で、両角教授を待ち伏せるために。


妙子が通う研究室には、『死因究明室』という愛称がある。師事する両角教授は法医学実務に造詣《ぞうけい》が深く、晩期遺体の死因究明方法を模索している名物教授だ。

そして何より素晴らしいことに、彼は『女だから』という偏見を持たない。他大学と積極的な協力体制をしき、新しい方法があると聞けば検証せずにいられない学者体質ながら、最近は予算獲得のために企業へ赴くことも多く、なかなか学内にいてくれないのが玉に瑕《きず》ではあるけれど。

医学館の十二階。古い木製のドアを開け、死因究明室に入った妙子は、教授のデスクに積まれた押印済みの死体検案書に近づくと、それを指先でパラパラめくった。自分のカバンから少女の死体検案書を出して、隣に並べる。

晩期遺体の死因究明を研究課題としていても、解剖室へは腐乱遺体ばかり運ばれてくるわけではない。突然死、異状死、診療関連死などの病理解剖も含めると、遺体の事情は様々だ。早朝の研究室でただ独り、紙に写された様々な死を眺めていると、死亡の生理的要因に対して、口腔《こうこう》内に遺書の切れ端が貼り付いていたことの不思議など、注目すべきことではないようにも思われる。

解剖室には今日も遺体が運ばれてくるのだし、執刀医の数は十分でない。荼毘《だび》に付される遺体の中にさえ、死因究明されれば生きている人間を何人も救える事案があるかもしれないというのに、実際は、世の中の仕組みがそうなっていない。司法解剖には予算があるし、遺体をひらくことに否定的な遺族も多い。

些末《さまつ》なことに拘《こだわ》っていないで、少女の死体検案書に判を押し、処理済みの箱に入れるべきか。

グダグダと考えているうちに、妙子はもう一本煙草が吸いたくなってきた。研究室は禁煙なので、教授のデスクに検案書を残して出ることにする。ドアノブに手を伸ばしたとき、磨《す》りガラス部分に人影が兆して、誰かがドアを引き開けた。

「お。なんだ、石上君か。ずいぶんと早いじゃないか」

恰幅《かっぷく》のいい体にスーツを着込み、マントのように白衣を引っかけた両角教授が立っていた。

「あ、おはようございます。先生こそ、お早いですね」

ポケットの中で握った煙草から手を離し、妙子は教授のカバンを受け取った。室内に入る教授の後を、執事よろしくついていく。一服は後だ。死体検案書の疑問について、注釈を入れさせてもらわなければ。

「ちょうどよかった。今日はきみに紹介したい男がいてね」

さっさとデスクに歩み寄り、教授は箱に入った死体検案書を手に取った。箱の外に一枚だけ、押印されていないものがある。

「押し忘れかね？　ん。きみが担当した分じゃぁないか」

押印済み書類を脇に置き、教授は妙子の検案書をざっと眺めた。

「ふむ」

と、印鑑に手をやったとき、

「待って下さい」

教授のバッグを下に置いて、妙子は言った。

「実は一点、気になる事があったんです。それを『その他』に書き込みたくて、先生をお待ちしていたのですが━

「気になる事？　なんだね？」

教授は内ポケットからメガネを出して鼻に掛け、妙子の死体検案書をマジマジと見た。

「遺体は十七歳女性で、死後一ヶ月程度。野生動物に食い荒らされて、バラバラになっていたんだね？」

「着衣を脱がされた形跡はなかったと聞いています。こちらへ来たとき、内臓部分はすでに欠損しており、残っていたのは胸部の一部と、背部は、ほぼありました。四肢のうち、左腕、左足、右足は体幹近くに残されていたようですが、右腕は数十メートル先の草むらに持ち去られており、頭部については、胴体から数メートル離れた場所で見つかったようです」

「頭蓋骨《とうがいこつ》や右前腕部の骨に牙《きば》の跡が残されていたようだから、きみの言うとおり、バラバラにしたのは野生動物だろうね。それで？」

「ええ。実は」

妙子は教授の脇に立ち、控えめに死体検案書を引き寄せた。

「気になっているのは、この部分です」

頭蓋骨のイラストに小さく×印のある箇所を、妙子は指した。

「表面剝離《はくり》した紙片が癒着していた部位なんです。これですが」

「何かね、この×は」

妙子は数枚の写真を取り出した。写されていたのは生々しい頭部で、髪の毛や眼球は残っているが、頸部《けいぶ》には肉がなく、顎《あご》と右頰にかけて肉がほぼ食い尽くされている。目から下は上顎骨《じょうがく》と歯が剝《む》き出しだ。教授が一枚を手に取ったので、妙子は別の写真を並べて示した。

「下顎骨《かがくこつ》を開いて口腔内部を大写しにしたものが、これです。この部分ですが」

「ほう……」

と、教授はメガネを直す。乾涸《ひか》らびた肉が残った頰の内部に、シミのような跡がある。それは不定形に剝離して、皮膚に貼り付いた遺書の欠片《かけら》だ。さらに拡大した写真には、反転された文字らしきものが、かろうじて見える。

「警察官の話によると、遺書は頭蓋骨のそばで発見されたそうです。紙一枚に書かれた詩のようなもので、状態も悪かったと」

「ふむ。それで？」

「私は疑問に思うんです。遺書が、体幹ではなく頭蓋骨の近くで見つかったのはなぜなのか」

両角教授は患部の写真を妙子に返した。

「ご遺体が咥《くわ》えていたとでも思うのかね？」

そうだ。と、妙子は頷《うなず》いた。遺書は口に入っていたのだ。だから頭蓋骨のそばで見つかった。野生動物が頬を貪《むさぼ》って下顎骨を外し、遺体の口が開いたとき、中からこぼれ出たのかもしれない。

「きっとそうです。遺書は遺体の口に入っていたんです。自死者がそのようなことをするでしょうか」

「件《くだん》の部位をどうしたね？」

「皮膚ごと切り取って保存しています。気になっているわけですから」

教授は妙子の顔をじっと見て、眉《まゆ》をひそめて溜息《ためいき》を吐いた。

それでも妙子は黙らない。

「無駄な仕事を増やすなと、警視庁からお叱りを受けるかもしれませんけど、私としては、死体検案書の特筆事項にこのことを書き加えさせて頂きたいのです」

「声なき遺体の声を聞き……」

と、教授は言った。口癖のように繰り返す、同じフレーズ、同じ言葉だ。

「……生ある者にそれを伝えよ。いいだろう。ただし、真実のみを書きたまえ。資料をきちんと添付してね。最終的に司法解剖の結果をどう判断するか、それは我々ではなく警察の仕事だ。そこのところを間違えちゃいけないよ」

一秒ほど逡巡《しゅんじゅん》してから、妙子は素直に頷いた。

「わかりました」

「他には何か？」

「いえ。ありません」

教授は破顔し、ぽん！　と、妙子の背中を張った。

「では石上君。今日はこの後、私に少し付き合ってくれたまえ。さっき、きみに紹介したい男がいると話したね？　ちょっと面白い研究をしている男で、客員教授として講義させたいと思っているんだが」

教授は死体検案書を妙子に返し、デスクの引き出しからネクタイを出した。尊敬に値する研究者と会うときにだけ、好んで身に着けるネクタイで、苦労して大学へ出してくれた母親の形見だという。教授は窓ガラスを鏡代わりにして、時代遅れのネクタイを結んだ。

「太りすぎかな。結び目がまた変わったな」

照れ臭そうに笑う教授に、

「でも、お似合いです」

と、本心から妙子は言った。

不思議なことに、若々しい濃紺のシルクタイは、教授の丸顔によく似合う。初老の彼にはもっと高級で渋いデザインが適切なのはもちろんだが、博士号を取ったお祝いに母親が買ってくれたというこのネクタイを締めると、教授は十も若やいで見える。色褪《あ》せ始めたネクタイの皺《しわ》を優しく伸ばす教授を見ながら、母親とは、それほどまでに尊いものかと妙子は思う。

教授は上機嫌で、客員教授の素性は法医昆虫学者なのだと言った。日本ではまだ耳慣れない分野だが、遺体に群がる虫の種類や生育状態に鑑《かんが》みて、遺体の置かれた状況や、経過した時間、遺棄された場所などを類推していく学問だという。

「我が国でいうところの、衛生動物学に近いでしょうか」

蛆《うじ》や蠅の生育速度に照らして死亡推定日時などを割り出す研究は、かつては日本でも行われていたらしい。だが、その研究が今はどうなっているか、妙子は知らない。

「ある部分は近いがね。彼のはもっと、専門的で、執念深い」

研究に埋没する割合を、教授は心の度合いで表現する。教授が執念深いというのなら、その入れ込み様は半端ではないということだ。

「我が国の衛生動物学。特に法医学の分野における蝿の研究は、気温や降雨量などの地域差が顕著な日本の風土が災いして、必要な統計を集めにくくてね。今では伝染病を媒介する蚊の研究にシフトしているのが実情なんだよ。いつの世も、死者の学問は生者のそれより軽んじられるものなのだなぁ。残念ながらね」

「たしかに日本は、温度や湿度、それに気候や土壌に地域差が大きいですものね。一口に虫の生育状況といっても、土地それぞれのデータを蓄積しないと応用が利きませんし」

「うむ。そこなんだよ。彼のユニークなところはね」

教授は肩に引っかけていた白衣をハンガーに掛け、少年のように、「くっく」と、笑った。

「そうした条件を踏まえた上で、日本国内のシデムシ類をデータ化したいと言っている。生涯かけて全世界のデータを集めたいとね。驚いたことに、彼はすでにイギリスとアメリカ国内で相当量のデータを蓄積していてね、FBIも一目置いているということだから」

「その人とは、どこでお会いになったんですか？」

話し込んでいるうちに時間が経って、キャンパス内が次第に賑《にぎ》やかになってきた。

向かいの研究棟に兆す人影を眺めて、妙子は訊《き》いた。

「カリフォルニアだよ。法医実務のシンポジウムがあったときにね。偶然彼を拾ったんだよ」

「拾った？」

教授は首を竦《すく》めてニコニコ笑った。

「ボロボロで、いかにも汚いバックパッカーだった。よもや同業者とは思わなくてね、彼のバックパックから虫の標本がザクザク出て来たときは、驚いたよ。まさか、これから講義を受けに行く先生を、ミッションベイ・パークで拾うとは思いもしなかったからね」

法医昆虫学なる学問が死因究明室にとってどれだけの価値があるのか知らないが、嬉々《きき》とした両角教授の様子から、妙子はその男に興味を惹《ひ》かれた。バックパックに虫を詰めた昆虫学者。彼は自分の足で各地を回り、研究データを集めているというのだろうか。

「……非効率的……」

教授には聞こえないように、妙子は口の中でもぐもぐ言った。教授の出勤が早かったので、一服しそこねてしまったじゃないかと思いながら。

午前九時。

妙子が死体検案書に加筆して、教授の承認印を得て書類を提出し終えた頃に、その男は死因究明室を訪れた。お気に入りのタイで身だしなみを整えた教授が自らドアを開けに出たが、その様子は恋人を迎えるかのようにうきうきしていた。

研究室にはすでにスタッフが集まっていて、データ収集の手を止めて、客人の訪問を待ち受けていた。もちろん妙子もその中におり、教授のずんぐりとした背中越しに、長身の影が立つのを見守った。

淡いプラチナブロンドの髪を後ろになで付け、ピンク色の頬にそばかすを浮かべたその男は、グレーのシャツに深緑色のネクタイを締め、黒いブレザーに濃茶のパンツを穿《は》いていた。スタッフの女性が目を丸くして唇を押さえ、

「石上さんも目の保養をしなさいよ」

と、いわんばかりに妙子を振り向く。

薄汚い中年バックパッカーが現れるとばかり思っていたのに、噂の法医昆虫学者は、イギリスの古いファッション雑誌から抜け出たような青年だった。

「紹介しよう。こちらはジョージ・クリストファー・ツェルニーン博士。様々な大学

に籍を置いて、法医昆虫学を研究している」

博士と呼ばれたその男は、優雅に首を回して室内を眺め、右腕を心臓の位置に置くと、唇に笑みを浮かべて会釈した。

「ぼくとしても、早々に環境を整えて教壇に立ってもらいたいのだがね、今日のところは事務局に紹介と、構内を案内することになっているんだよ。彼の任期中、研究室の準備などは、ここのスタッフが率先してやって欲しいんだが……石上君、ちょっと」

ジョージの背中に右手を置いて、教授は妙子を呼び寄せた。

「サー・ジョージ、紹介するよ。彼女は石上妙子君。博士号を取るために論文を書いている。とても優秀だから、ここまでストレートに進んで来た。きみの研究にも、きっと役立ってくれるだろうから、何かあれば彼女に相談して欲しい」

教授がたどたどしい英語で言うと、ジョージは水色の目を妙子に移し、にこやかに握手を求めて来た。

「それは光栄です。どうぞよろしく、ミス・タエコ」

みすぼらしい服が白衣に隠れているだろうかと思いながら、妙子も不器用に手を伸ばす。

骨張って冷たく、けれど大きなジョージの手が、熱を込めて妙子の手を握ってきた。予測よりも少しだけ長く握手を交わすと、妙子は白衣の尻《しり》でこっそり自分の右手を拭《ぬぐ》った。深い森に生える湿った苔《こけ》に握りしめられたような気分だった。

「では、サー・ジョージ。学長に挨拶《あいさつ》しに行こう」

教授はジョージを誘ってから、彼があまりにも身軽なことに気が付いた。

「そういえば、荷物はどうしたね？　きみの大切なバックパックは」

ジョージはおどけた仕草で首を竦めた。微笑むと右頬だけに笑窪《えくぼ》ができる。彼は死因究明室の前の廊下に、巨大なバックパックと、革のアタッシェケースを置いていたのだ。背の高い彼が死因究明室の古くて小さな木のドアをくぐるには、バックパックが邪魔だったらしい。高価な服に身を包んだ英国紳士が小汚いバックパックを背負ってきたのを想像すると、妙子はようやく、少しだけ肩の力が抜けた。

「中へ運んでおきますか？」

町田《まちだ》という検査技師が教授に訊《たず》ねる。

「とりあえずは、そうだね。彼の研究室は国際共同研究棟に置かれる予定だから、追々必要なものも揃えてもらわなきゃならないよ。石上君、買い物にも付き合ってやってくれたまえ」

「私がですか？」

妙子は唇を尖《とが》らせた。何かと忙しい自分より、ジョージの風貌《ふうぼう》に見とれている女性研究員を宛《あて》がうべきだと不満に思う。だが両角教授はニコニコ顔で、

「必ずきみのキャリアに役立つから」と、断言して、出て行った。

部屋を出るとき、ジョージは礼儀正しく、また会釈した。

空気が動き、微《かす》かなコロンと、湿った森の匂いがした。


妙子が初めてジョージの講義を聴いたのは、その翌週のことだった。

法医昆虫学という耳慣れない言葉に興味を惹《ひ》かれてか、聴講室は大入り満員で、女性比率の低い東大にこれほど女性がいたかと思うほど、女子学生が多かった。後になってわかったことだが、その多くは美形のイギリス人講師が教鞭《きょうべん》を執ると聞きつけて他所《よそ》から流れてきた聴講生たちだった。

妙子もまた白衣を脱いで、教壇から一番離れた場所に座っていた。薄いベージュのブラウスにグレーのタイトスカートを穿《は》き、ファンデーションで薄く素肌を隠している。ルージュは持っていないので、安物の保湿リップを塗ってきた。それは、妙子に限らず、ジョージが学内の女性にもたらした顕著な変化のひとつであった。

時間ぴったりに、ジョージは教壇に現れた。品のいいスーツではなく、ラフな丸首シャツに白衣を羽織り、デニムパンツを穿いたスタイルだったが、均整の取れた体つきと端整な顔立ちには、よく似合っていた。三十は過ぎているはずなのに、ともすれば少年のような雰囲気さえある。どんな講義をするのだろうと、妙子は机の下で足を組んだ。ポケットベルを机に置いてノートを広げ、ペンを握って待っていると、ジョージは両腕を翼のように広げてこう言った。

「ドウモ、みなサン。ハジメまして……」

やはり少年のようだと妙子は思う。たどたどしい日本語で簡単な自己紹介を済ませると、彼は講義を英語で行うと明言した。

壇上に巨大スクリーンを下げて、照明を落とす。

そこに映し出されたのは、屋外のテーブルに並べられた複数の刃物だった。どれも使用した形跡があり、種類もバラバラ。鍬《くわ》や草刈り鎌には土が付き、ノコギリやキッチンナイフは錆《さ》びているといった具合だ。

「それでは講義をはじめます。みなさんには名探偵を紹介したい。最初にね」

至極真面目にジョージは言った。テーマや講師そのものの珍しさだけではなく、何かを与えてくれると期待させる始まり方だ。受講生たちの頭が興味深げに傾くのを見て、（摑《つか》みはオッケーね）と、上から目線で妙子は思った。

だが、刃物の静止画像が現れたきり、ジョージはその先を続けない。気まずい間が室内を包むと、どこからか、耳障りな音が聞こえて来た。顔の周りで聞こえたら、思わず振り払いたくなるような虫の羽音。聴講生らの頭が訝《いぶか》しげに動き始めると、ジョージは音を追うように、何もない空間へ視線を振った。

その唇から小さな羽音が洩《も》れている。

羽音がパフォーマンスだとわかっても、彼の視線を追いかけたくなる。満席の聴講生が視線を追って首を振り、やがてジョージは視線の先を、ピタリとスクリーンに向けて、止めた。スライドプロジェクターが切り替わり、一匹の大きな蠅が草刈り鎌に静止する。室内に笑いが起きて、ジョージは首を竦《すく》めてみせた。

画面は再び切り替わり、草刈り鎌の引いた画像に数匹の蠅が群がった。他の刃物には目もくれず、蠅は草刈り鎌にだけ集っている。ジョージは次の画像を呼び出した。

「この名探偵は肉蠅の一種です。ストライプのスーツ、それと、赤い目がオシャレだよね？　近い種類は日本にもいて、ぼくは会うのが楽しみだけど、人間は大抵彼らを嫌う。なぜだろう？」

スクリーンに大映しになったのは、赤い目に白い顔、背中にグレーの縞《しま》模様があり、全身に剛毛が生えた蠅だった。これほど拡大された蠅の写真を見たことがないので、六本足の掌《てのひら》にあたる部分がハート型をしていることを、妙子は初めて知って驚いた。

「うん、答えはわかってる。彼らは腐肉を餌として、そこに卵を産むからね。小賢《こざか》しく、しつこく、五月蠅《うるさ》くて、何より不潔だ。肉蠅に対して人間が抱くイメージは、概《おおむ》ねこんなところだろう。でもね、ぼくは彼らの、別の面も知って欲しいと願っている。特に探偵としての能力を。名探偵がどんな謎を解き明かしたのか、興味があるかい？彼らが草刈り鎌にだけ群がったのは、この鎌が殺人の凶器だったからなのさ」

ジョージはさらりとそう言って、

「彼らは鎌に付着した血液の匂いを嗅《か》ぎ取ったんだよ」

と、付け足した。

「つまり、これが法医昆虫学の始まりだ。自然界において最も敏感に『死』の匂いを嗅ぎつけるのは昆虫だ。最速なのは蠅で、その時間は数十分以内と言われている。彼らは死骸《しがい》の血を舐《な》めて、その体に産卵し、二日も経てば子供が孵《かえ》る。蠅の成長過程をデータに取って照らしてみれば、幼虫や蛹《さなぎ》、もしくは成体の状況などから、彼らのスイートホームが死体になった時間を類推できるというわけだ」

ジョージはまた、次の画像を呼び出した。

「死骸はその後も様々な虫に恩恵を与える。蠅の次にやってくるのはハチたちで、死肉をミンチにして自分の住処《すみか》に持ち帰る。その間にも死骸は腐敗し、あるいは乾涸《ひか》らび、様々な現象が起きていく。人間は目を背けるかもしれないが、虫たちには関係ない。彼らは恩恵を享受し続け、白骨化が始まると、さらに別の虫がやってくる」

スクリーンに毛むくじゃらで茶色い蛆虫《うじむし》が映し出されると、女性たちから悲鳴が上がった。

「死骸から水分が抜けてしまうと、蠅の幼虫はもう、死骸を餌にできなくなる。蛆虫が摂取できるのは、腐乱で液化した肉だけだから。死骸の乾燥が始まると、今度は水分を嫌うカツオブシムシやハネカクシなんかがやってくる。この鮮やかなオレンジの模様を持つ甲虫はヨツボシモンシデムシといい、このように」

死体に群がる虫を調べることで、死亡時間や死亡場所、死体が動かされた痕跡《こんせき》など、様々なことを炙《あぶ》り出していくのが法医昆虫学だとジョージは語る。

なるほど、随分コアなところに目をつけたものだと妙子は思う。けれど、様々な自然環境が入り交じる日本で、その分野を確立しようとするならば、膨大なデータの集積とその検証が必要になる。日本にも昆虫を研究する学者は多いが、死体に群がる虫に限定すると、どうなのだろう。手始めに、妙子は学者たちのネットワークを調査して、ジョージと彼らのパイプを繋《つな》ぎ、膨大な（しかも、存在しているかわからない）死出虫類のデータ集約と、データベース化を手伝うことになっていた。

壇上のスクリーンには、次々に虫が映されていく。カーペット状に広がった蛆虫の前で、

「蛆虫は種の特定が難しいために、成虫になるまで観察する必要がある」

と、ジョージは語る。

最初は生理的嫌悪感でざわめいていた聴講生らも、次第にジョージの弁に引き込まれていく。彼の話し方には熱があり、それが聞く者を魅了するのだ。妙子もまた、いつしか組んでいた足を床に下ろして、前のめりになって聞き入っていた。

動物種の八割以上を占めるという虫の世界。それを法医学に応用しようという発想は確かに面白い。だが実際には、虫に食い荒らされたヒトの遺体を前に、法医学者はどれだけ冷静な目を持ち続けることができるだろうか。司法解剖に回されてくる遺体には、稀《まれ》にではあるが、目を覆いたくなるほど凄惨《せいさん》なものがある。そうした遺体には、受けた暴力の跡と共に、名状しがたい気配がまつわりついている。そういう遺体と対峙《たいじ》すると、妙子はしばしば、検死官である前に、ただの人間に戻ってしまう感覚になる。解剖台に載せられた遺体はすべての意味でひらかれているのだが、メスを握るこ

ちらが生身の人間である限り、気配などものともせずに、遺体が語る総《すべ》てを聞き逃さぬのは難しい。努力と技術で足りない何かを補う術《すべ》が、もしも、あるとするならば、それは探究心に裏付けされた情熱と、責任感であろうと妙子は思う。それが法医昆虫学という耳慣れぬ分野であっても、熱を持つ研究者なら為《な》すかもしれない何かを信じたい。ジョージの講義を聴くうちに、そんな気持ちが沸き起こってきた。

我々は死者の声を聞く仲間同士だ。蛆虫すら嫌悪しない彼ならば、検死官には見えない何かを、虫から訊《き》き出してくれるかもしれない。

懸命に聞き入っていると、妙子の机でブザーが震えた。

デジタル表示画面を見ると、0が四つ並んでいる。死因究明室からの緊急呼び出しと理解して、妙子は講義の途中で席を立った。極力目立たないよう移動したのに、講壇からジョージの視線が追いかけてくる。体を二つ折りにして詫《わ》びてから、妙子は聴講室を抜け出した。

慌てて戻った死因究明室には、見知らぬ男が二人いた。

一人は中年で四角い顔。背が高く、体つきもガッチリしていて目つきが鋭い。もう一人は中肉中背、ムースで前髪をラフにまとめた若い男だ。あどけなさが残る顔つきは、二十歳を少し超えたばかりのようにも見える。

教授は留守で部屋におらず、応対した検査技師、町田が妙子のそばへやって来て、

「刑事さんらしいです」

と、耳打ちする。次いで、「彼女が石上です」と、二人に妙子を紹介した。

怪訝《けげん》な顔で会釈すると、二人の刑事はそれぞれ警察手帳を提示した。そういえば、いつかの解剖時に、四角い方の男を見た記憶がある。

「お忙しいところを、お呼び立てして申し訳ない。自分は警視庁西荒井警察署の照内《てるうち》といいます。こちらは厚田《あつた》」

私は本当に忙しいのよ。と、妙子は心で舌打ちした。それに、貴重な講義の途中でもあった。不満が顔に出るのも厭《いと》わずに、妙子はテンションの低い声で、

「はあ」

とだけ言い、自己紹介をすっ飛ばした。

ところが、図太さでは照内も負けていなかった。妙子の不機嫌など頓着《とんちゃく》せずに、背広の内ポケットに手を入れて、おもむろにコピー用紙を引っ張り出す。

「お伺いしたのは死体検案書の件でして。両角教授に電話したら、あなたに話を聞いて下さいと教えてくれたってわけなんで」

渋々コピー用紙に目を通す。そして妙子は、

「これ……って」

と、唸《うな》った。それは軽井沢で自死した十七歳少女のものだった。

「たしかに私が書きましたけど。これが何か？」

照内は満足そうに頷《うなず》きながら、妙子が追記した『その他』の事項を見やすいように折り曲げた。そんなことをしてくれなくても、自分で書いた検案書の内容くらい頭に入っていると、妙子は薄く唇を噛《か》んだ。特にこの、哀れな少女の場合は。

「ここの特筆事項についてなんですがねえ？　おい、厚田」

照内は言いかけて、隣の若い男に顎《あご》をしゃくった。死因究明室のスタッフが遠巻きに見守るなか、厚田と呼ばれた青年は困ったように首を傾げて、右手でガリガリ頭を掻《か》いた。

「ちゃんと話せ。おまえが気付いたネタだろうが」

ポンと足を蹴《け》りつけられて、厚田は半歩進み出た。まだ聞き込みに慣れていないのか、頬が薄らと上気している。

「えー……と。あの、ですね」

やや下げた視線を、再び上げる。厚田は真っ直ぐで嘘がないと感じさせる瞳《ひとみ》をして

いた。

「この死体検案書に書かれた少女ですがね、名前を松本薫子《まつもとかおるこ》といいまして、私立橘《たちばな》女学院高等学校の二年生でした。ご存じと思いますが、まだ、たったの十七歳です」

松本薫子。と、妙子は心で呟《つぶや》いた。私立橘女学院は有名なお嬢様学校だ。そんな子がなぜ、あんな姿に。無残な遺体を思い出しつつも、妙子は、初めて血が通った少女の痕跡を認めたような気持ちになった。残骸《ざんがい》のようなあの遺体にも、名前があって、生活があって、失われた日常があったのだ、もちろん。

厚田は続ける。

「それで、ここなんですが、被害者の頬に紙の一部が貼り付いていたと書かれていますね。あなた……いや、えーと」

「石上です」

「その、石上先生は」

「まだ先生じゃありません。ただの院生です」

「ただの院生の石上さんは」

妙子は、ふんっと、鼻を鳴らした。

「あなた、新米刑事さん？」

「は。刑事には、この春就任したばっかりで……」

「そう、大変ね。深呼吸して、落ち着いたら？」

嫌みのつもりで言ったのに、厚田は手帳をポケットにしまい、両腕を広げて深呼吸をはじめた。ひとつ、ふたつ、息をして、「では」と、再び妙子を見つめる。

妙子は呆《あき》れて腕組みをした。

「頬の内側に紙が貼り付くってのは、どんな場合だったら、そうなるんですかね？」

──ご遺体が咥《くわ》えていたとでも思うのかね？──

両角教授の言葉を思い出したが、憶測を口にするのは適切ではないと考える。妙子は宙に視線を転じ、「様々な場合が考えられると思います」と、自分に言った。

「ひとつには、ご遺体が動物に食い荒らされて頬肉を失い、下顎骨《かがくこつ》が開いた口腔《こうこう》内部にたまたま紙が貼り付いて、組織を残した。ひとつには……」

他の可能性を考えてみたが、『様々』といえるほど多くの場合は浮かんでこない。

妙子は、

「紙がご遺体の口腔内にあった場合」

と、敢《あ》えて口に出してみた。するとやっぱり、それが正しいように思えるのだった。

「その場合は、なんですか？　松本薫子さんは、遺書を口に入れて縊死《いし》したものと考えられるってことでしょうか？」

「遺書を咥えて縊死したかどうか、ですって？」

妙子は質問に質問で返した。遺書が口腔内にあったことは想像内だが、少女がそれをいつ、そしてなぜ口に入れたかについては、考えてもみなかった。

「その場合ですが、縊死した人間というのは、その……口の中の状態は、どんなふうになるもんですかね？」

若い厚田刑事の質問に、妙子は思いきり眉根《まゆね》を寄せて、考えた。

定型縊死つまりは首を吊《つ》った遺体の場合、頸部《けいぶ》を圧迫された衝撃で顎舌骨筋《がくぜっこっきん》が押し上げられて、舌が飛び出すことがある。歯を食いしばった勢いで、自分の舌を噛み切ることも。その場合はロープで圧迫されて口が開かないので、口腔内が血だらけになったはずである。少女の頭部は食い千切られて、下顎骨が外れており、すでに白骨化も進んでいた。舌はなく、頰肉も片側がほとんど失われていたが、もしも遺書を咥えて死んだ場合、頰の内側に紙面の一部は残るだろうか。そもそも、今から死のうという人間が口の中に遺書を押し込み、首を吊ったりするだろうか。女性は首吊りロープに髪が巻き込まれるのを厭《いと》うものだし、男性はロープが襟から外れるようにワイシャツの襟に配慮する。覚悟の死とは、そういうものだ。

「定型縊死のご遺体の場合、細い紐《ひも》に全体重がかかるわけですから、舌骨が押し上げられて舌が飛び出す場合があります。瞬間的に顎が閉まるので、自分で自分の舌を噛み切ることも。すべてのご遺体がそうなるとは言えませんが、頸部の骨が外れて三十センチ以上も首が伸びたり……ご存じでしょうが、まあ色々です」

「てことは、口に遺書を入れたとしても、舌と一緒に飛び出していたかもしれませんね。それとも、死後に入れられた可能性もあるってことですか？」

「死後硬直が始まる前で、ご遺体が吊られた状態でなければ、口をこじ開けて何かを入れることは可能でしょうね」

照内と厚田は視線を交わした。

「刑事さん。それよりも、残された遺書を調べたらどうなんですか？　遺書の付着物や、汚れなんかを」

「ただの紙っぺら一枚ですからねえ。雨にふやけてボロボロで、写真には残せたようですが、紙の成分から血液は出なかったらしいです。なんですか、分解が進んでいたために唾液《だえき》の成分も検出できなかったということで」

「それはおかしいわね。担当刑事さんは遺書の詩について、いかにも娘っ子が書きそうな、甘ったるい内容だったと言ってましたよ？」

「すいません。そう言ったのは自分でして」

と、照内が詫《わ》びる。大して反省している様子もない。

「親父《おや》っさんは、辛うじて読み取れた愛という字や、永遠と、死と、そんな文字列から類推したみたいです」

厚田が庇《かば》うと、照内も補足した。

「その遺書ってヤツもですね、全文が読めたわけじゃぁ、なかったもんで」

そんないい加減な判断があるだろうか。少なくとも、松本薫子という少女の生涯に関わることなのに。

検死に立ち会った刑事や鑑識官が自死の鑑定を欲しがっていたという印象が思い出された。

「ていうか、あなた、検死に立ち会っていた人？」

照内を叱ると、

「いやあ面目ないことで。こいつには、事件に先入観は持つなと、口を酸っぱくして言っとるんですが。あの時は全く自殺を疑ってもいませんで」

ふん、と鼻を鳴らしただけで、妙子は無言で自分のデスクに戻り、松本薫子のファイルを探した。厚田と照内は図々《ずうずう》しくも手刀を切りながら妙子の後ろをついてきて、妙子が広げたファイルの遺体写真を盗み見た。

「あー、これは……ひでえなぁ……ていうか、酷《むご》いですねえ」

照内の脇から厚田が言った。

「……でも、これじゃ口の中が実際どうなっていたんだか、わかれって方がムリですね」

「そうでもないわ。紙の繊維が付着した皮膚は、スライスして保存していますしね。繊維や、インクの成分とか、あとで検査する必要があるかもしれないと思って」

「そりゃすごい。ありがたい」

大仰な素振りで照内は褒めたが、妙子はまた鼻を鳴らしただけだった。おだてられて調子に乗るほど、自分はすでに若くはないし、世間知らずでもない。

「それでは、薫子さんが死後に口を開けて遺書を突っ込まれていたとしても、状況的におかしくはないってことですね？」

若い厚田が静かに訊《たず》ねる。彼は死者を努めて名前で呼ぶように心掛けているようで、人間的な温かみを感じさせた。

妙子は写真から目を逸《そ》らし、真正面から厚田を見つめた。

「ご遺体の状況からは、遺書を口に入れたのが生前か、死後なのか、判断はつきませんでした」

厚田が無言で頷《うなず》くのを見て、妙子は腰に手を当てた。

「どうしてそれを、私に確かめたかったんですか？」

「実は……」

と、厚田は口ごもり、一瞬だけ照内の顔色を窺《うかが》ったが、すぐ妙子に負けないくらい真っ直ぐに見返しながら、口早に言った。

「彼女の遺体が発見された場所の近くで、別の女性の変死体が出たからで」

「ばか」

と、照内が舌打ちする。

「でも照内の親父っさん。捜査協力をお願いしてるのは、こっちなんですから」

「別の女性の変死体ですって？」

照内は、「やれやれ」と、首を竦《すく》めた。

「身元はまだわかっていないんですがねぇ。やはり若い女性です。こっちは発見時の状態や、索条痕《さくじょうこん》などから、他殺を疑われていましてね。しかも、検視したところ」

照内はポケットをまさぐると、写真を出して妙子に見せた。

「これがホトケさんの口に入っていたそうなんで。小さく折り畳んで、歯と歯の間に押し込まれていたっていうか」

それは数センチ四方のメモ用紙に鉛筆で書かれた詩のようなものだった。

――愛しき木漏れ日　シャクナゲの咲く頃
思い出す　きみの面影
谷間深く　探し続けて　きみのケルンに
涙もて眠る　永遠の乙女　麗しき死の床
ゲーテ　もしくは束の間のダビデ――

「へったくそな詩。なんなのこれは」

妙子は思ったままを口にした。誰かと誰かの詩の一文を、つぎはぎしたような仕上がりだ。しかもこの不快な甘ったるさは、ジョージの講義で見せられた蛆虫《うじむし》が、背中を這《は》い回っている気分にさせる。

厚田が顔を背けて苦笑しているのを見ると、彼も同じ感想を持ったのだろう。それはともかく、

「つまり、刑事さんたちがここへ来たのは、松本薫子さんの自殺について疑問を持た

れたからなんですね？」

妙子は訊《き》いた。訊きながら、心臓の裏側がざわついていた。わずか数ミリの紙片のシミを、見逃さなくてよかったと思い、法医昆虫学の研究を非効率的と一蹴《いっしゅう》した自分を恥じた。

「はっきり言っちまいますと、そういうことなんですわ。先生が死体検案書に書いた、この項目ですがね、厚田が、もしや同じ状況だったんじゃねえかと疑って、それで話を訊きにきたってわけなんで」

「新たな女性の変死体は、もちろん司法解剖に？」

「はあ、まあ。発見場所が軽井沢だったもんで、向こうの指定病院でね。それで、こちらは自死ではなかろうということになっています」

「つまり、連続殺人を疑っているんですね？」

その瞬間、数日前に読んだ朝刊の記事が思い出された。

「ちょっと待っていて下さい」

妙子は二人に言い置いて、古新聞の束からあの日の朝賣新聞を探した。週刊トロイも喫茶室から持ち帰っていた。妙子は朝賣新聞を見つけると、照内が死体検案書のコピーにしたように記事の部分を表に折って、嫌みたっぷりに差し出した。

「この記事、刑事さんはご存じですか？」

照内は亀のように首を伸ばして新聞を見た。

「戸田雅子さんを捜しています？　十九歳の信用金庫職員、戸田雅子……五月末から行方不明か。へぇ、全く知りませんでしたなあ」

「失踪《しっそう》して十日程度ってことですね」

手帳を開いて厚田が唸《うな》る。

「まさか、その変死体も？　死亡推定日時はどうなっているんです」

妙子の問いには答えずに、照内は新聞を手に取った。

「これ、頂いていくわけにはいきませんかねえ」

「どうぞ」

「いやどうも。新聞は必ず読むようにしてるんですが、こんな小さな記事はねえ。いや、それは言い訳だな、面目ない」

「それと。関係があるかわかりませんが、よければこっちもお持ちになってください」

妙子は週刊トロイも照内に渡した。

「たぶん新聞広告を書いた記者だと思うけど、彼は週刊誌にも記事を挙げています。

こっちは現代の神隠しみたいな切り口ですが、書かれた内容は真摯《しんし》なものに思えます」

照内は週刊トロイを手に取ると、ざっと記事に目を通し、難しい顔で小首を傾げた。

「いや、どうも。参考にさせてもらいます」

社交辞令のようなことを言い、踵《きびす》を返しかけて、振り向いた。

「今お話しした変死のホトケさんですが、こっちはざっくり埋められていましてね。死後一週間から十日程度。土ん中にいたもんで、腐敗も若干遅れてまして、こちらは下着姿で靴もなし。十七歳の少女とは、少々状況も違いましてね……」

しばらく考え込むようにしてから、

「これらのことは他言無用に願います。まあ、司法解剖に関わっておられる先生のことですから、心配はしていませんがね。また何かあったらお邪魔するかもしれませんが、今日のところはこれで失礼します。おい」

と、頭を下げた。

厚田も同様に頭を下げると、ふわりと柑橘《かんきつ》系ヘアムースの匂いがした。

二人の刑事が死因究明室を出ていった後も、妙子はまだ心のどこかで、厚田が遺体を固有名詞で呼んだことに感心していた。

なぜならば、妙子はそれまで、解剖台に全裸で置かれる年間百数十体以上の遺体にも固有名詞があるのだという当たり前のことに、注意を払ってこなかったからだ。

第二章　ジョージの虫カゴ

その後も妙子は新聞やニュースに注意を払ったが、軽井沢の山林で若い女性の変死体が見つかったということ以外、連続殺人を疑う記事は出てこなかった。少女たちが失踪しているというニュースもなく、二日もすると、妙子は事件そのものへの興味をなくした。研究に邁進《まいしん》しなければならないし、客員教授のジョージが大学に現れたことで、忙しさも倍増していたからだ。

死者の学問は生者のそれより軽んじられると両角教授が嘆くように、同じ医学に携わっていながら、法医学研究室に割かれる予算は大変厳しい。収入もまた然《しか》りで、生きている人間を相手にする臨床医に比べて、法医学者の収入は半分以下だ。

死因究明が生きている人間に及ぼす功績を考えれば全く不公平なことではあるが、現実はそうなっている。熱い使命を胸に抱き、ようやく法医学者になってはみたが、臨床医に鞍替《くらが》えしていく医師が多いのも、こうした背景があるからだ。

それでもなお法医学者を目指す自分が、今では、遺体だけでなく蛆虫や蠅とも向き合っていると知ったなら、学友たちは嗤《わら》うだろうか。

そんなことを考えながら、妙子はドサリと荷物を置くと、腰を伸ばして汗を拭《ぬぐ》った。運んでいたのは重い土で、ジョージが手配したものが、なぜか死因究明室に届いてしまったのだ。彼の研究室が置かれた国際共同研究棟は、死因究明室がある医学館とは別棟なので、誤配送があった場合は、仕方なく妙子が運ぶ。

妙子は痩《や》せて華奢《きゃしゃ》な体格ながら、遺体を動かしているうちに筋力がついて、体力も増した。司法解剖は時に十時間を越える場合さえあるから、強靭《きょうじん》な精神と体力なしには従事できない仕事なのだ。

ジョージの研究室には、彼のバックパックから出て来た膨大な虫の標本やデータだけでなく、日本各地から取り寄せた土や腐葉土が置かれるようになった。誤配送された土もそのひとつで、火山の噴火で形成された黒ボク土というものらしい。消毒済みの土ではないから、保存すると土中で何らかの虫が湧く。ジョージはそれら一つ一つをサンプルにして、様々な虫を育てているのだ。人体の代替品として用いられるのは豚の死骸《しがい》で、皮付きブロック状態という肉を調達するのも妙子の役目だ。他にも、野ネズミや鳥、鹿や熊など、野生動物の死骸が虫付きで送られてくることがあり、見目麗しいジョージの研究室は、異様な臭気と病原菌の巣窟《そうくつ》と化した。

『虫カゴ』と愛称が付けられた研究室は、高級虫カゴよろしく内部が複数に区切られている。容器で虫を培養する飼育室。様々に温度管理を加える検証室。研究室。虫や病原菌を外へ持ち出すことがないように設営された中間室、そして前室。前室には各地から送られてきた検体が置かれるが、これらを分類するのも妙子の仕事だ。一人ではとても賄えないので、学生や研究員らに仕事を振り分け、ジョージの研究を補佐している。

調べてみると、昆虫の研究者は日本全国に相当数いることがわかった。

アリ、ハチ、チョウ、コナジラミ、アブラムシ、甲虫、蝿や蚊に至るまで、各研究者が専門とする虫は様々で、フェロモンの効能から青虫とキャベツが意思の疎通をしている可能性まで、応用昆虫学の研究内容もまた多岐にわたる。

妙子はジョージにリストを渡し、彼が興味を持つ学者にアポイントを取ったが、大抵の場合、研究者は高いテンションで応じてくれた。嬉々《きき》としたその声は、虫好き少年がそのまま大人になったという共通のイメージがある。

たぶんジョージもそうなのだろう。虫好きが高じた結果、カブトムシや蝶《ちょう》に飽き足らず、コアなシデムシ類に興味を持ったということか。熱を帯びた講義を聞く限り、彼の虫好きは執念深い本物だ。

「やれやれだわ」

十キロ近い土の袋を両手に抱えて、妙子は再び歩き出す。

梅雨入り間近の東京は、日差しも強く蒸し暑い。真夏の飼育室で、腐った豚がどうなっていくかを想像すると、妙子は両角教授が恨めしかった。ようやく前室まで土を運ぶと、研究室の主は留守だった。

この隙に一服点《つ》けようと、妙子は構内の三四郎池《さんしろういけ》まで忍んで行った。

キャンパスのほぼ中央に位置する三四郎池は、周囲を樹木に囲まれており、普段はほとんど人影もない。妙子の一番のお気に入りは医学館下の室外機の脇だが、三四郎池の都会離れした雰囲気も気に入っている。生い茂った樹木が周囲の建物を遮るために、自然の中にいるような気分が味わえるからだ。

白衣のポケットに手を入れて、煙草と携帯灰皿を確かめる。藪《やぶ》のような細道を歩きながら、性急に煙草を咥《くわ》えたとき、

「タエコ」と、呼ばれて驚いた。

慌てて煙草を口から外し、掌《てのひら》に隠して振り向くと、暗い茂みに白衣の影が屈《かが》んでいた。

「サー・ジョージ。こんなところで何をしているんです」

握った煙草をポケットに落として、妙子は訊《き》いた。

ツェルニーン家はイギリスの名家だそうで、ジョージは敬称付きで呼ばれることを好む。暗くて、湿って、ヤブ蚊が潜んでいそうな場所に、名家ツェルニーンの子息はニコニコとしてしゃがんでいる。

立ちすくむ妙子を見ると、彼はその場を動きもせずに、片手を上げて手招いた。

「え……そこへ？」

鬱蒼《うっそう》とした藪を見て妙子は渋った。白衣の下は薄いブラウスにタイトスカートだ。しかも ヒールを履いている。暗がりを好むヒトスジシマカがいる場所に、こんな格好で入るのは、血を吸って下さいというようなものだ。けれどジョージは有無を言わさぬ眼差《まなざ》しで、しきりに妙子を手招いてくる。諦《あきら》めて、妙子は藪に分け入った。

「みてごらん。すごいよ」

灌木《かんぼく》の隙間にしゃがんだままで、ジョージは地面を指さした。日陰植物の根本に毛皮のようなものが真っ平らになっており、よく見れば、それは獣の死骸であった。

「タエコ、この動物は何だと思う？　フェレットだろうか？」

獣はダークグレーで痩せており、両目の周囲がより黒く、腹部が太めで手足が細い。

使い古された筆のような尻尾《しっぽ》を見て、妙子は言った。

「狸だと思います。夏毛のせいで痩せているけど」

「タヌキ……へえ。これが」

感心したようにジョージは言った。イギリスには野生の狸がいないのだという。

「死後一週間から十日ってところかな。まだそんなに臭いはきつくないけれど、眼窩《がんか》をヒラタシデムシが出入りしているから、毛皮の下は王国になっていると思うよ」

虫しか眼中にないジョージと違って、妙子の興味は、狸はなぜ死んだのかという一点に向かう。それがわからなければ感染が怖くて近づくことができないからだ。立ったまま恐る恐る覗《のぞ》いてみると、閉じていると思った目には、ベース板形で平たい真っ黒な虫が無数に取り付いているのだった。ジョージはカメラで何枚も写真を撮って、

「何をそんなに怖がるの？」

と、妙子を笑った。死骸を研究室へ運ぶと言い出しそうで、妙子は気が気ではないというのに。

「彼らを不潔だと思うかい？　もしくは残酷だと？　でも、もしもシデムシ類がいなかったら、ぼくらはたぶん生息できていないんだ。死骸が腐敗すれば、それを舐《な》め取る虫がきて、ウィルスが蔓延《まんえん》する前に菌床を分解してくれる。彼らは優秀な掃除屋で、

それに案外人間くさい。シデムシの母親はね、小鳥同様に子育てをする。幼虫を呼び集めて、口移しで餌を与える愛情深い母親なんだよ。ただし、環境が変われば、容赦なく子殺しもするけどね」

「子殺し？」

もずもずと蠢《うごめ》く甲虫を見下ろして妙子が訊くと、

「自分の子供を喰《く》い殺すんだ」

と、静かな声でジョージは言った。

俯《うつむ》いているため表情は見えないが、抑揚も、感情もない言い方だった。

「間引きの理由は未解明ながら、餌が足りない場合に起きるみたいだ。小鳥が弱い雛《ひな》を巣から落とす行為と似ているのかもしれないね。シデムシの母親は、餌を充分に受け取れなかった個体を喰い殺すことが多いから」

「単純に生存率を上げるためかもしれない。自然界にはよくあることだわ」

ジョージは妙子を振り仰いだ。柔らかな木漏れ日がブロンドに当たって、薄い水色の虹彩《こうさい》が光る。眉毛《まゆげ》もブロンドなので瞳《ひとみ》ばかりがよく目立ち、真っ白な顔に二つの小さな池があるようだ。

「自然界にはよくあること、か。まるで、人間だけは違うと言っているみたいだね」

「え……だって人間は、弱いからといって子供を間引いたりしないから……」

言いながら妙子は逡巡《しゅんじゅん》した。

「歴史を遡《さかのぼ》ってみれば、人間の世界にもそうした事例はあったと、そう仰《おっしゃ》りたいんですか？　サー・ジョージ」

「いや、別に」

ジョージは立ち上がった。妙子もそこそこ長身なのだが、ジョージはさらに背が高い。

「ところでタエコ。狸はこの先、どうなっていくと思うかい？」

足下に横たわる狸の死骸を、妙子は再び眺めてみたが、人間はともかく毛皮を持つ死骸のその後を想像してみたことはない。毛皮だけが骨格に貼り付いて、そのまま乾《ひ》涸《か》らびていくのだろうか。それとも、虫はやがて骨だけ残して、すべてを食い尽くしてしまうのだろうか。眉間《みけん》に縦皺《じわ》を刻んで考え込む妙子を見ると、ジョージは笑った。右頬にだけ笑窪《えくぼ》が浮かぶ、人なつこそうな笑顔だった。

「毛皮で覆われた死骸の場合、虫たちは、目や鼻、口や肛門《こうもん》から侵入して、そこを入口に内側から肉を食べていくんだけど、シデムシは周囲の土も掘り始めて、死骸を半地下に落とすんだ。そうやって安全を確保しておいて、卵から幼虫が孵《かえ》ると、せっせと肉を運んで給餌を始める。鳴き声で子供を呼んでね。その間にも死骸《しがい》の乾燥は進んでゆき、ある日、毛皮が崩れ出す。けっこうすごいことだよね。毛は剝落《はくらく》してバラバラになり、そうなると」

ジョージは天空を覆う梢《こずえ》を見上げた。

「小鳥が毛をむしりに来る」

「小鳥が、どうして？　あ……巣にするために？」

「そう。野生動物の毛は、軽いし、暖かいから、雛たちのベッドにうってつけというわけだ」

彼は妙子に微笑みかける。

「自然はよくできている。全くもって無駄がない。あとには骨だけが残される。内臓も肉も毛皮も余さず自然に還《かえ》っていって、死の痕跡《こんせき》は土と交じってしまうんだ。こうなるともう、彼らに対する嫌悪感よりも、むしろ崇高さを感じてしまう。ぼくはね」

木漏れ日にブロンドを光らせながら、両腕を大きく広げて、ジョージは風を吸い込んだ。都会の真ん中にあっても、ここにはたしかに森の空気が漂っている。

「自然はよくできている。世界って、すごいよね」

その瞬間、まるで魔法にかかったように、妙子も同じことを思った。

世界ってすごい。魔法の言葉は、獣の死骸の不潔さも、病原菌への恐怖感も、虫への嫌悪も一蹴《いっしゅう》し、なにかとてつもなく崇高なものを目にしている気持ちにさせた。森に息づく生と死の、命の移り変わりが興味深い。給餌して子供を育てるシデムシや、腐肉を取り込んで成虫になる蠅の、恐るべき成長速度と発生数が、死を瞬時に分解するイメージが妙子を包む。

ジョージがいうように、もしも彼らがいなかったら、人間も、他の動物も、なにもかも、原因不明の病に冒され続けていたことだろう。

構内にいくつもある食堂のひとつで、妙子はジョージと昼食をとった。古びた窓ガラスの向こうには、縮れて葉先が茶色くなった樹木が透けている。スモッグまみれの埃《ほこり》っぽい葉に取り付く虫を、妙子は初めて哀れと思い、逞《たくま》しいとも感じた。細長い窓の下で向かい合い、ジョージのたどたどしい箸《はし》使いを眺めながら、妙子は、中央食堂に行けばレストランの洋食も選べたのにと、思《おも》い遣《や》りのなかった自分を責めた。

「タエコはなぜ、法医学者を目指したの？」

ほうれん草のお浸しを箸でつまむのを諦めて、ジョージはそれを、ごはんの上にぶちまけた。手を伸ばして醤油《しょうゆ》を垂らしてやりながら、妙子は、

「んーん」と、首を傾ける。

「生きている患者は文句を言うから？」

「は。ナンデスカ、それハ」

片言の日本語でジョージは笑う。

冗談を言ったつもりはなかったので、妙子は真顔で彼を見つめた。さっきから、踝《くるぶし》が痒《かゆ》くてしかたない。やはりヤブ蚊に刺されてしまった。

「死者は、語れないけれど誠実でしょう？　でも、患者はそうじゃない。自分自身すら騙《だま》している場合があるのに、診断して、その人を救うなんて……」

そんな重責は担えない。そう言い切ることができなくて、

「……つまりは、そんな理由から」

妙子は曖昧《あいまい》に言葉を閉じた。

真っ正面に水色の瞳があって、見れば虹彩に魅入ってしまい、妙子は敢《あ》えて視線を逸《そ》らす。そうすると今度は、自分から目を上げたのに敗北したような気がして滅入る。かといって、じっと瞳を見交わせば、眼球奥の蝶形骨洞《ちょうけいこつどう》を透かして、小脳虫部を覗かれてしまうようで怖いのだ。

そこにいるのは、気弱で自分に自信を持つことのできない、石上妙子というつまら

ない女だ。

「サー・ジョージ。あなたはどうして法医昆虫学を選んだの？」

その答えは知っているから、社交辞令のつもりで訊《き》いた。昆虫学者の多くは虫好きが高じて学者になる。幸せだから。大好きな虫の世界に、ずっと浸っていたいから。

「死んだ牡鹿《おじか》をね、ある日、見たんだ」

フォークのように箸を握って、ジョージは言った。

それではおかずが取りにくいので、細長い指を、妙子は正しい場所に導いてやる。

参考に自分の箸を動かして見せると、

「アメージング」

と、ジョージは目を丸くした。

「日本人は器用だね。それに動作が美しい」

つまめない箸に苦戦しながら、ジョージはようやく、おひたしを口に運んだ。

「うん、美味《おい》しい。SOYソースは万能だ」

妙子も唐揚げを口に入れ、白いごはんをほおばった。

味噌汁《みそしる》を飲み、付け合わせのキャベツをつまむ。

「死んだ牡鹿を見た話は？」

促すと、ジョージは遠い目で宙を見上げた。

「ぼくが生まれたウェールズの家は、近くに大きな森があったんだけど、秋に入るのは禁じられていたんだ。秋は鹿の発情シーズンで、牡鹿が人間を突き殺すことがあるからなんだけど」

「鹿が、人を？」

「そう。野生の牡鹿は巨大でね。角が鋭くて気性も荒い。それなのに、森で遭遇すると見惚《みと》れるほど、堂々と美しくて威厳があるんだ。発情シーズンに人を襲うのも、縄張りを守るために戦っているからだよね。ぼくにとって、牡鹿はウェールズの王者で、憧《あこが》れなんだ。森の絶対権力者で畏怖《いふ》の対象。大きな角も、筋肉質でしなやかな体も、あの鳴き声も、なにもかも」

試行錯誤を繰り返しながらも、ジョージは箸の扱いに慣れていく。さっきまではフライを刺し通していたのに、今は挟んで口へ運んでいる。

「話を戻すけど、ある日、ぼくは禁じられた森で牡鹿の死骸を見つけたんだ」

ナフキンで口元を拭《ぬぐ》いながら、彼は続ける。次第に熱がこもっていく。

「まだ死んだばかりの鹿だよ。立派な角を持った牡鹿が、木の根元に横たわっている。あの時の気持ちをどう言ったらいいかわからないけど……恐る恐る、滑らかな毛に触れてみた。四ツ叉《また》に分かれた鋭い角にも」

　ジョージは箸を置き、角の感触を思い出すように両手を開いた。

「……興奮したんだ」

「興奮……なぜ興奮したの？」

「なぜだろう……」

　彼は視線を泳がせてから、

「たぶん、こうだったのじゃないだろうか。遠くから眺めるだけだった憧れの王者が、無力な屍《しかばね》になってそこにいる。鋭い角に初めて触り、毛の感触や、体の感じを知ったとき、ぼくは、牡鹿を所有できたと思ったのかもしれない」

　シデムシ類を見る時よりも、ジョージは瞳《ひとみ》を輝かせている。

「そうね。そうかもね」

　妙子はその気持ちがわかる気がした。

　その時ジョージは何歳だったか。例えば虹《にじ》を、例えば憧れのアイドルを、例えば、ケース越しにしか観ることの許されなかった美術品を、自分の感触で味わったなら……彼が感じた興奮は、そういう類《たぐ》いのものだったろう。

「それから毎日、ぼくは森へ通ったんだよ。あの強い鹿でも死ぬなんて。そのことが先《ま》ず不思議だったけど、死んだらどうなっていくのかが、もっと不思議で興味深かった。今にして思うと、ぼく自身が死を恐れる余り、死の正体を知りたかったのかもしれない。結局は、さっきの狸と同じことが、牡鹿の体にも起きるんだけどね」

忘れていた三四郎池の狸が頭に浮かぶ。平らげた食事が噴門を押し上げてくるのを、妙子はお茶で押し流した。人間の遺体は解剖に附してもなんともないのに、動物の死《し》骸《がい》だとそうはいかない。眼窩《がんか》を出入りしていたシデムシが、牡鹿の目に貼り付いている光景を想像しただけでゾワゾワする。虫酸《むしず》が走るという慣用句を思い出し、日本語はすごいと感心した。

「だからシデムシに興味を持ったの？」

「だって、すごいことだろう」

首を竦《すく》めて両手を広げ、ジョージは無邪気におどけて見せる。

「森で最も強い牡鹿が小さな虫に喰《く》い尽くされるなんて。あの甲虫は何者だろうと、それが興味の始まりだった。やがて、ぼくは知ったんだ。生態系の頂点に君臨すると自負する人間の、最大の敵もまた虫だってことを」

「まさか、虫なの？　人間ではなく」

「もちろんさ。地球上で最も人間を殺しているのは、蚊なんだよ」

ジョージは片目を瞑《つぶ》って見せた。

「蚊、ツェツェ蝿、サシガメ。病原菌を媒介する虫は多いんだ。あらゆる生き物に対して、本当の意味で脅威なのは、小さいけれど個体数も種類も多い、虫なんだよ」

「だから昆虫の研究を？」

「ぼくは知りたくなったんだ。本物の王者の資質や特質、何もかも」

虫が好きだから昆虫学者になったと、ジョージも言うと思っていた。けれど、彼の動機は想像の範疇《はんちゅう》を超えていた。ジョージが惹《ひ》かれたのは虫の威力だ。ツェルニーン家という名門に生まれたこの男は、たぶん権力が好きなのだろう。

「サー・ジョージ。でも、私の興味は他にある。私はあなたの学問が、物言わぬ遺体から何を聞き出してくれるか知りたいのよ」

「虫は人の言葉を語らないから、聞き出すのは難しい。でも、それは遺体だって同じだよね？　ぼくもまたタエコのように、虫の言葉を聞くためになら、様々に手を尽くすのだから」

ナフキンを皿に置いて席を立ち、ジョージはトレーを手に持った。学食ではチップがいらないことや、食器は自分で片づけることにも、ようやく慣れてきたようだ。

「ところでタエコ。この大学って、遺伝子用の検査装置が二台も置かれているんだってね?」

彼は、両角教授に構内を案内されたときに、研究用の様々な分析計測機器をチェックしてきたと言い、法医昆虫学の研究にも機器の使用を受け付けてもらうよう、確約を取ったと付け足した。

「ぼくが考えていることを、きみに見せよう」

ジョージは瞳をキラキラさせて、妙子を『虫カゴ』へ誘った。

その日の午後。妙子はヤブ蚊の痒《かゆ》みなど比べものにならないくらい、最悪の経験をさせられた。つまり、飼育室の培養器からランダムに選んだ蛆虫《うじむし》を、乳鉢ですり潰《つぶ》して体液を採取。それに記号をつけてサンプルを作る作業を手伝わされたのだ。

サンプルは他に、餌となる各種の死骸でも作られており、ジョージはそれらを照合して、成分の差から餌となった死骸を割り出してみたいのだと言った。

「この実験、なんのために必要なの」

マスクに手袋、メガネの曇りを取ることもせず、乳鉢の中身が潰れる気配を感じないように意識を飛ばして、妙子は訊いた。探究の努力に無駄などないと知っていながら、訊かずにはいられなかったのだ。『やりたくないわ』と、訴える代わりに。

司法解剖に附される遺体も、時に蛆虫まみれのことがある。解剖台にそれが溢《あふ》れることには慣れたけれども、乳鉢で潰すのはぞっとする。実験を手伝わせようとした学生たちは、吐き気を訴えて虫カゴを逃げ出した。妙子もそうしたかったが、人好きのする両角教授の丸顔が枷《かせ》になり、逃げることができなかったのだ。

「なんの為に必要かって？　捕食者と餌食《えじき》を分離できれば、例えば、死骸から離れた場所で採取した虫が、何を餌にしていたかわかるじゃないか」

真面目な顔でジョージは答え、シデムシの母親をすり潰す。孵化《ふか》したての幼虫、給餌が始まった幼虫、給餌中の母虫、飢えた母虫、飢えた幼虫……研究室には、腐敗臭とは別の生臭い虫の臭いが蔓延《まんえん》し、妙子は充分に昼食をとったことを後悔した。

ようやくサンプルを用意し終わると、ジョージがそれを検査機関へ持ち込んでいる隙に、妙子は虫カゴを逃げ出した。殺菌用薬剤の匂いが染みこんだ白衣を脱いで、オアシスである医学館の室外機脇を目指す。

やっと一服できると思ったのに、ポケットの中で煙草の箱をまさぐると、中身はスカスカの空だった。三四郎池で吸い損ねたのが最後の一本で、それは直接ポケットに落とし込んだため、無残に折れて、しな垂れている。

「ああ、もう。なんてこと」

妙子は髪をかき上げて、白衣を小脇に抱えたまま、一番近くのコンビニへ向かった。マイルドセブンひと箱と、コーヒーを買う。

本当はセブンスターが好きなのだが、自分の肺に媚《こ》びを売り、マイルドセブンにしているのだ。レジに立つと、朝賣新聞の夕刊がもう並んでいた。

【軽井沢の山林で見つかった他殺体・身元が判明】

そこに戸田雅子の名前と写真を見つけて、妙子は迷わず夕刊も買った。

戸田雅子は朝賣新聞で情報提供を呼びかけていた十九歳の信用金庫職員だ。妙子は死因究明室を訪ねてきた二人の刑事を思い出した。でかくてごつい中年男と、実直そうな青年。彼らに戸田雅子の広告記事が載った新聞を渡したのは、自分だ。

逸《はや》る気持ちを抑えつつ、医学館下の室外機の脇に陣取ると、妙子は煙草を吸うのも忘れて新聞を読んだ。

記事によれば六月上旬、軽井沢の山林で若い女性の他殺体が半分土に埋もれた状態で発見されたが、その女性が五月に失踪《しっそう》した戸田雅子さんであることがわかったという。死因は絞殺による窒息死。遺体発見直後から殺人事件として捜査していたものの、血液型や歯の治療痕《こん》などから、ようやく遺体が戸田雅子さんであると判明したという。

「まさか、本当に彼女だったなんて……」

夕刊には特筆事項として、戸田雅子さんについては、本紙もお尋ね記事を掲載していたのに残念だったと追記されている。妙子は新聞を隅々まで読んだが、口の中に詩を書いた紙が入っていたことや、同じように口中にメモを残して自殺したとされる松本薫子については触れられていなかった。

紙面から目を逸《そ》らさずにコーヒーを開けたので、少しこぼした。丸めた白衣が汚れたが、気にすることなくコーヒーを飲み、一服点《つ》けた。

思い切り吸い込むと、少しだけクラクラする。煙草が体にいいはずはないが、煙と一緒に様々なものが外へ出て行く感じが癖になる。肺胞をニコチンで充満させて、妙子はそれを吐き出した。

では、週刊トロイはどうなったろう。あの記事が正しいとするならば、他にもまだ七人、行方不明の若い女性がいることになる。今のところ自死とされている松本薫子。そして他殺の戸田雅子。二人の共通点は、遺体の発見場所と、口中のメモ、その内容が甘ったるい詩で、共に若い女性であるところだ。いや、それだけじゃない。

「どちらも、気道閉塞による窒息死……？」

と、思わず妙子は声に出す。鼻から二本の煙が立った。

松本薫子が自殺と判断された理由は、ほぼ家族の証言による。司法解剖はしたものの、遺体の状態が悪くて大したことはわからなかった。でも、もしも、これが連続殺人なら……彼女たちの他に七人もの女性が犠牲になっているとしたならば。

無意識に胸ポケットをまさぐって、妙子は仰向《あおむ》き、煙を吐いた。刑事に名刺をもらうのを忘れた。あれはたしか西荒井署の……名前は……

「ああ。全く何も覚えていない。あたしの馬鹿」

二センチだけ吸った煙草を揉《も》み消すと、妙子はコーヒーを飲み干して立ち上がった。

──最終的に司法解剖の結果をどう判断するか、それは我々ではなく警察の仕事だ。そこのところを間違えちゃいけないよ──

頭の奥で、両角教授の声がした。

ジョージの手伝いをしているからといって、ほかの仕事をしなくてもいいわけではない。両角教授を捕まえて今後の指示を仰ごうと、死因究明室へ戻ってみると、町田が妙子を待っていた。

「一時間くらい前に電話がありましたよ」

と、町田は顕微鏡を覗《のぞ》きながら言う。

両角教授に似た丸い体、小柄だが体力のありそうなこの男は、法医学研究室の検査技師だ。検査技師は非常勤で、週に五日フルタイムで働いているが、給料は決して高くない。昇給もなければ出世もない。企業でいう非正規社員と同じ立場だ。

それでも町田は腕がよく、実直で、妙子が死因究明室に来る前から両角教授を手伝っている一番の古株だった。

「電話？　私に？」

町田は顕微鏡から顔を上げ、妙子に向いてニヤニヤ笑った。

「一応ポケベルを鳴らしたんですが、石上さんのデスクで鳴っていましたね」

しまった。あまりにも忙《せわ》しなくて、ポケットベルをテーブルに置いたまま、土を運びに出てしまったのだ。

「ごめんなさい。土を届けてそのまま……虫カゴで検体サンプルを作っていたものだから」

「何のサンプルですか？」

「蛆虫をすり潰して、成分を検出する実験の」

「うへえ」

と、町田が悲鳴を上げる。

妙子も、すりこ木で蛆《うじ》を潰す感触を思い出して、顔をしかめた。

「やっぱりあの外国人、並みのオタクじゃありませんねぇ。そうそう、伝言は電話に貼り付けておきましたから。なんか、連絡が欲しいってことでした」

ありがとうと礼を言い、妙子は自分のデスクへ戻る。電話機に貼られた付箋《ふせん》には、受けた時間や相手の名前、連絡先が書かれてあった。

「千賀崎？」

まさかねぇ、と考えていると、デスクの向こうから首を伸ばして町田が言った。

「なんか、どっかの記者だそうですよ。そうそう、週刊トロイの」

やっぱり。件《くだん》の記事を書いた記者じゃないか。

「両角教授は？」

妙子が訊《き》くと、顕微鏡に頭を付けたまま、町田が答えた。

「夕方戻ると言っていました。明日からまた、千葉大のシンポジウムへ行くみたいですけど」

それならば、教授は夕方ここで捕まえればいい。

妙子は町田のメモを剝《は》がすと、部屋を出てロビーへ向かった。週刊誌の記者と連絡を取るのが後ろめたくて、デスクの電話は使いたくなかったのだ。ロビーに設置された黄色い公衆電話に小銭を積み上げ、メモの番号をプッシュすると、週刊トロイの編集部につながった。

「え。どちら様？　は。千賀崎に？　はいはい、おつなぎしますので、お待ちくださ い」

ぶっきらぼうな男が電話に出て、しばらく待たされてから、別の男に変わる。

「はい、千賀崎」

忙しそうで素っ気のない声だったのに、妙子が名乗るとトーンが変わった。

「これはどうも。お忙しいのに、ご連絡頂いて恐縮です」

「私にどんなご用です？」

単刀直入に訊いてみる。夕刊で戸田雅子の記事を見たことや、千賀崎が彼女を追っていた記者と知っていることは、黙っていた。

「実はですね……」

と、千賀崎は声を潜めた。

「五分ほどで結構なんですが、直接会って、お話しすることは可能でしょうか？　いえ、もちろん私の方から出向きますよ？　ここから本郷《ほんごう》は近いんで」

「だから、どんなご用件で？」

妙子は声を尖《とが》らせた。答えを待つうち、チャリンと十円玉が落ちて、追加のコインを投入した。

「すでにニュースでご存じかどうか、都内の信用金庫で働いていた女性が、軽井沢の山林で他殺体になって発見されたんですが。実はわたくし、被害者のお母さんに頼まれて、彼女の行方を捜してましてね」

妙子は黙っていた。

千賀崎は続ける。

「石上先生は、警視庁から依頼される司法解剖に携わっておられますよね？」

「は？　どうして」「それを。ですか？」

千賀崎が薄く笑うのを感じて、ビリビリと背中が痺《しび》れた。この記者はつまり、私に、戸田雅子の司法解剖に関わったかと訊いているのだ。

「ソースは明かせませんが、石上先生が優秀な解剖執刀医であることは、すでに有名なんですよ。女だてらに法医学者として将来を嘱望されていることも」

まだ先生じゃありません。と、妙子が二の句を継ぐ間もなく、千賀崎は続ける。

「先生。松本薫子という少女をご存じじゃありませんか？」

そう訊く千賀崎の声には、微《かす》かな嘲笑《ちょうしょう》の響きがあった。妙子は辛うじて言葉を飲み

込んだものの、沈黙が答えになってしまったようだ。千賀崎はふっと息を継ぎ、

「明朝七時でどうですか？　赤門脇のバス停で。なに、時間はとらせません。私はね、戸田雅子さんの他に、何人もの少女失踪《しっそう》事件を追っているんです。松本薫子さんもその中の一人でしてね。どうも、自殺として処理されてしまったようなんですが」

チャリン。と、また、コインが落ちる。

「それじゃ、続きは明朝お会いした時にでも」

そう言うと、千賀崎は返答を待たずに電話を切った。

強く受話器を握って、妙子は呟《つぶや》く。

「松本薫子……」

奥でプーっと電子音がして、通話が途切れたことを知らせている。ホルダーに受話器を掛けると、ガチャガチャとけたたましい音を立てて、使わなかった分の小銭が戻されてきた。

松本薫子。

刑事の名前は忘れても、彼女の名前は忘れない。軽井沢で自殺したとされる十七歳の女子高生。彼女も、失踪した少女の一人だったと千賀崎は言う。つまり……つまり。

釣り銭の取り出し口に指を入れて十円玉を掻《か》き出しながら、妙子は、明日千賀崎に

会うことを決めていた。

第三章　口の中の詩

翌朝は雨だった。重く垂れ込めた雨雲が、梅雨の訪れを告げている。妙子は目深に傘をさし、歩道の水たまりを避けて急いだ。

初めての相手と会う場合、妙子は先に待ち合わせ場所に着きたいタイプだ。遅れると、相手にイニシアティブを握られそうで厭《いや》だから。

待ち合わせ時刻の十五分前に赤門脇のバス停に着くと、無人のベンチを眺めながら道端で煙草を吹かす男がいた。安物のビニール傘から雨が滴り、足下に溜《た》まった吸い殻を濡《ぬ》らしている。この男が千賀崎だろうかと訝《いぶか》しみつつ、妙子は傘で顔を隠して、その前を通り過ぎようとした。

「石上先生」

男は静かに声を掛け、吸っていた煙草を投げ捨てた。

立ち止まって振り向くと、透明の傘越しにニヤリと笑う。

なぜ私がわかったのだろうと、妙子は不審に思った。会ったことがあるのだろうかと考えてもわからない。相手は推定三十二、三歳。値踏みするように眺めてみたが、どこといって特徴のない顔つきは、記憶のどこにもヒットしてこなかった。

「五分ほど頂ければと言ったのに、恐縮です。先生も、それだけ事件が気になっているってことですよね？」

「私はまだ、先生じゃありません」

ようやく昨日から言いたかった言葉を告げたが、千賀崎は気に留める風もなく、

「二十四時間営業の喫茶店が近くにあるんで、そこへ行きませんか？　生憎《あいにく》こんな天気だし」

と、訊《き》いてきた。

その店なら知っている。コーヒーの味はイマイチだが、客席と客席の間が広く、密談にはもってこいの造りの店だ。

降り続く雨を恨めしそうに見上げて、妙子は千賀崎に同行した。

「名刺をいただけます？　念の為」

店のテーブルに着くなり妙子は言った。そのくせ、自分の名刺については触れなか

った。まだ正式なものは持っていないし、持っていたとしても渡すつもりはない。さっきからずっと気になっているのは、この男はなぜ、自分を石上と知っているのかということだった。

壁際のソファ席に斜めに腰掛け、千賀崎は上着の内ポケットからアルミ製の名刺入れを取り出した。もらった名刺は余白の多いデザインで、小さく、『ライター：千賀崎清志《きよし》』と書かれている。てっきり週刊トロイの名刺をもらえると思っていたので、正直に妙子は告げた。

「トロイの記者じゃ、ないんですか？」

「記者ですよ。様々な誌面に書かせてもらっています」

「でも、ライターって」

「週刊トロイ、週刊芸能、イケイケポスト、他にも数社、掛け持ちで記者をやってましてね」

妙子の好みを訊きもせず、千賀崎は水を運んで来たウェイトレスに、

「アメリカンふたつ」

と、告げて、追い払った。ポケットをかき回して二杯分の代金をテーブルに置く。

「私のことを、誰から聞いたんですか？　前にお会いしているわけじゃありませんよ

ね？」

「まあ、いいじゃないですか」

千賀崎は灰皿に備えてあったマッチを擦ると、咥《くわ》え煙草に火を点《つ》けた。手を振って火を消しながら、体を斜めにしてテーブルに乗り出してくる。

「松本薫子を司法解剖したの、先生ですよね？」

そんなこと、答えられるはずがない。妙子は奥歯を噛《か》みしめた。千賀崎のラークが鼻腔《びこう》をくすぐる。自分も一服したかったが、喫煙者と悟られるのが癪《しゃく》で、手持ちぶさたに水を飲む。

「死んでから時間が経っていたようですが、何かおかしなことに気が付きませんでしたか？」

「おかしなことって？」

訊き返してから、しまったと思った。これでは松本薫子を司法解剖したと認めたようなものではないか。千賀崎は灰皿に煙草を載せて、今度は手帳を取り出した。

「三日くらい前ですか。刑事が訪ねてきましてね。自分が書いた記事について、詳しく聞かせて欲しいと頼まれたんですよ」

妙子は名前を忘れた二人の刑事を思い出した。彼らに記事のことを教えたのは自分だ。

「ご存じのように、私がこの件に興味を持ったのは、読者の相談がきっかけでした。軽井沢で殺された戸田雅子さんの母親です」

大きなカップでアメリカンコーヒーが運ばれてくると、千賀崎はしばらく話を止めて、煙草を吹かした。ウェイトレスが去ると、ミルクと砂糖を入れてぐるぐるかき混ぜ、一口飲んで、

「不味《まず》いな」と、呻《うめ》く。

コーヒーフレッシュに大量の防腐剤が入っているという話を聞いてから、妙子はコーヒーにミルクを入れなくなった。この店のように、テーブルに置きっぱなしになっている場合は特に。

「戸田雅子さんの記事は読みました。絞殺されて、埋められていたと」

「そうなんですよ。こっちもまさか、本当に殺人事件になるなんて思っちゃいなくて……彼女の情報を紙面に載せれば、戸田さんを知っている誰かから、情報が得られるかもしれないと思っただけのことだったんですが。それでまあ、その中で」

不味いアメリカンをテーブルの隅へ追いやって、千賀崎は灰皿を引き寄せた。

「彼女と同じようなパターンで失踪《しっそう》している少女たちが、他に八人いることがわかり

ましてね」

「その中の一人が、松本薫子さんだったと言いたいんですね？　同じようなパターンとは？」

「学校帰りや会社帰りに突然失踪してるってことです。前触れもなく、突然にね」

「松本薫子さんもそうだったんですか？」

「ええ。ところがこっちは自殺だという。解せません。そうじゃないですか？」

千賀崎は鼻と口から煙を吐いた。旨《うま》そうな煙だ。

つまり、千賀崎の思惑はこうだ。松本薫子にも他殺の可能性があるとしたら、少女連続失踪殺人事件というスクープになる。彼はスクープをものにしたいのだろう。

妙子はアメリカンを一口飲むと、マグカップに手を添えて相手の目を覗《のぞ》き込んだ。

「司法解剖について、私は何も語れませんよ。守秘義務があります」

「ですよね。それはわかっています」

がっかりした風もなく千賀崎は笑う。

「いや。印象というかね、ちょっと話を聞きたかっただけなんで。こっちもプロですからね、ある程度のことは、刑事さんとやりとりさせてもらったんで……」

それならば、なぜ自分を呼び出す必要があったのか。喰《く》えない男め。

千賀崎は手帳を開き、メモを一枚破いてテーブルに載せた。

「これ。刑事さんにも情報提供しましたが、他に行方不明になっている七人の少女の名前です。私が調べた九人のうち、一人は自殺で、一人は他殺。残り七人のうち、もしも……」

メモを手で押さえたまま、千賀崎は上目遣いに妙子を睨《にら》んだ。

「彼女たちと思《おぼ》しき遺体が先生のところへ来た場合。何でもいいので情報をもらえませんかねえ？　いや。もちろんお礼はさせてもらいます。足代程度で大したことはできませんがね。一番は、親御さんたちの気持ちになったら、一日も早く白黒つけてやりたいじゃないですか」

千賀崎がメモから手を離したとき、妙子は思わず訊いていた。

「ちょっと待って。あなたはこれを、連続失踪事件にしたいわけ？　それともまさか、連続殺人事件に」

千賀崎はすでに立ち上がっていたが、灰皿に置いた煙草を指先で揉《も》み消すと、妙子を見下ろしてニヤリと笑った。

「いや別に。ただね、幸運にも、たまたま自分が関わった事件ですから、何かの縁で特ダネになればいいとは思ってますよ。先生のご推察通り、飯のタネになればいいとね」

それからわざとらしく袖《そで》をめくって、腕時計を確かめた。

「七時十分。五分ほど予定をオーバーしましたね。それじゃ」

残り七名の行方不明者リストをテーブルに残して、千賀崎は店を出て行った。

飲み残されたアメリカンから、まだ湯気が立っている。雨のせいで店内はいつもより暗く、尾崎豊《おざきゆたか》の『卒業』が、もどかしげに流れている。若さとエネルギーを持て余しつつ、何者にもなれない十代の鬱屈《うっくつ》を、朗々と歌い上げている。

妙子はメモを引き寄せた。そこにはまるでメニューのように、見知らぬ少女たちの名前が並んでいた。

小林陽子《こばやしようこ》（十六歳）翠心《すいしん》女子高校一年生、昨年十一月、部活帰りに失踪。

岡崎真由美《おかざきまゆみ》（十七歳）洋食キッチン田園《でんえん》のウェイトレス、三月十八日から店を欠勤。

呉優子《くれゆうこ》（十七歳）家事手伝い、友人に会うと言い残して失踪。

湯本恵美《ゆもとえみ》（十八歳）板橋商業高校三年生、新学期より不登校、後失踪。

青島美穂《あおしまみほ》（十六歳）私立足立女子高等学校一年生、ゴールデンウィーク中に失踪。

平出直美《ひらいでなおみ》（十六歳）タカハシ額店従業員、五月二十日、店を早退後に失踪。

峯村恵子《みねむらけいこ》（十九歳）神田《かんだ》ジュエリー勤務、五月三十日より無断欠勤、消息不明。

少女たちは、昨年の暮れから五月に掛けて、それぞれ失踪したようだ。平出直美と峯村恵子のように、ほぼ同時期に行方不明になった者もいる。そうはいっても、

「連続失踪事件……本当に？」

自分の胸に問いかけながら、妙子はようやく煙草に火を点けた。

年頃の少女たちが家出をしたり、友人の家に入り浸ったりすることは珍しくない。警察庁には毎年何万人もの捜索願が出されるものの、そのうちの七割は一週間程度で所在が知れるということだ。ならば千賀崎はなぜ、この七人をプロットしたのか。彼女たちは本当に、事件に巻き込まれてしまったのか。考えてみたが、何の情報も持たないのでは、すべてが憶測にすぎないと気が付いて、妙子はメモをテーブルに戻した。代わりにメニューを引き寄せて、モーニングセットを注文する。分厚いトーストを食べながら千賀崎のメモを弄《もてあそ》び、妙子は結局、システム手帳にそれをしまって店を出た。

午前八時三十分。死因究明室に着くと、町田が走り寄ってきた。

「警視庁から司法解剖が来ますよ。両角教授がいないので、新井《あらい》助教授が執刀するみたいですけど、石上さんにも来て欲しいって」

モーニングを食べてきてよかった。妙子はデスクに鞄《かばん》を置くと、壁の時計を確認し

た。

「何時から？」

「二時間ほどで着くそうです」

「わかった。すぐ準備する」

執刀医が来る前に法医解剖室の準備をするのも妙子の仕事だ。今日は雨で湿気が多いから、術衣は蒸し暑いことだろう。これだから解剖医はメイクができない。

ホワイトボードに、『司法解剖』と書き込んで部屋を出る。廊下の丸窓を叩《たた》く雨に目を留めたとき、ふと、三四郎池の狸を思い出した。

濡《ぬ》れて、死骸《しがい》はどうなっただろう。腐敗は熱を放出するから、シデムシたちは暑いだろう。あの虫の体液を検査したら、狸のゲノムが出るのだろうか。

ブルンとひとつ頭を振って、妙子は法医解剖室へ向かった。

約二時間後、警視庁の遺体搬送車が搬入口に到着した。

東大法医学部司法解剖室には、警視庁全域から依頼が来るので、立ち会う検視官や警察官も様々だ。今日の遺体は足立区から運び込まれたもので、ストレッチャーに乗せられた遺体収納袋の横に、あの刑事らが付き添っていた。

柑橘《かんきつ》系のムースの香りで、突然名前を思い出す。

ごつい体格の中年刑事、照内と、若い方はたしか、厚田といった。妙子の前でストレッチャーを止めると、照内は一礼して、

「またしてもお世話になりますなぁ」

と、唇を歪《ゆが》めた。搬入口の向こうに降る雨は扉が閉まると同時に消えて、『またしても』と言った照内の言葉が、頭の中でリフレインする。

『またしても』もクソもない。ご遺体が誰であっても、行うのはただの司法解剖だ。そう思わなければ主観が混じる。

妙子は自分に言い聞かせ、ストレッチャーの向こうに並ぶ検視官や警察官らに頭を下げた。

防臭、防菌、防腐、様々な効果を有する遺体収納袋を開いてみると、若い女性が遺体となって仰臥《ぎょうが》していた。体表にはすでに腐敗水疱《すいほう》や血管網が出現しており、顔面は浮腫《むく》んでどす黒い。首にクッキリと索条痕《さくじょうこん》があり、顔も髪の毛も泥まみれだ。

「このホトケさんは、本日未明に荒川《あらかわ》の河川敷で発見されたんですわ。犬の散歩をしていた人が通報してきたんですがね、昨日の夕方に同じ場所を通ったときは、遺体はなかったと言っておるんです」

照内が説明するそばから、検視官が補足した。

「死後一週間程度は経過しているようなので、他の場所から運び込まれたものでしょう。着衣に付着した泥などは、鑑定に回しています」

「わかりました」

妙子は言って、ストレッチャーを進ませる。体重を量り、遺体の状態などを確認していると、ようやく解剖執刀医の新井助教授が現れた。助教授が検視官らと話している間、記録写真を撮る鑑識官を手伝いながら、遺体を動かす。

見たところ、遺体には索条痕以外に致命傷と思しき傷はない。死後硬直の緩解した体は重力に負けて、顔も体も生前とは程遠い見た目になっている。検死官は遺体しか見ないので、報道などで生前の姿を知ると、無残な変わりように改めて感じ入るほどだ。若い女性でも全裸に欲情が湧くことはなく、むしろ鬼気迫る容貌《ようぼう》である。

生きていなきゃダメだ。どんな美人も死体になったら台無しだと、遺体を見るたび妙子は思い、それは少なくとも解剖医が所見中に考えるべきことではないと、両角教授に叱られる。主観に囚《とら》われ、遺体の声を聞く心を閉ざすなと。

それでも妙子はまた思う。遺体が生きていた場合の溌剌《はつらつ》として健康な肢体を想像し、無念を晴らしてやりたいと。

遺体に手を合わせ、瞑目《めいもく》して祈ってから、妙子は、『触らせてもらうよ』と、心で語った。

瞼《まぶた》を触り、眼球を見る。鼻と耳には真っ黒な泥が詰まっており、遺体がどこかに埋められていたことが見て取れる。泥はトレーに取り出して、町田に検査してもらおう。遺体道具を用いて丁寧に泥を掻《か》き出していると、コロンとした塊が転がり出てきた。遺体写真と照合するため、耳の泥、鼻の泥、それぞれをシャーレに入れて番号を打つ。

口腔《こうこう》内も調べておこうとT字ヘラを手に取ると、妙子はマスクの下で息を止めた。遺体からは腐敗ガスが出るので、不用意に吸い込んでしまわないためだ。

司法解剖の難題のひとつは遺体の臭いで、我慢できるようにはなっていくが、平気になることはない。妙子の脳にはすでに屍臭《ししゅう》がインプットされていて、日常のどこであっても無意識に屍臭を探る癖がある。その臭いを嗅《か》いだことのある者ならば、誰にだって身につく悪癖だ。

いきます。と、鑑識官に目で合図して、慎重に口を開いていくと、腐敗で膨らんだ舌が押し出されてきた。T字ヘラで抑えながら探っていくと、上顎《じょうがく》の隙間に、何か薄い物が挟まっている。

「刑事さん！」

妙子は思わず大声を出した。新井助教授と話していた厚田が、鼻と口を袖《そで》で覆って駆け戻ってくる。照内の方は臭いに慣れているらしく、平気な顔で正面にきた。

「口腔内から、これが出てきました」

腐敗汁で汚れたそれは、四つ折りにされた数センチ四方の紙だった。鑑識官が写真を撮るのを待って丁寧に開いてみると、鉛筆の走り書きが現れた。

――浅ましき裏切り　きみの瞳《ひとみ》に
偽りの微笑み　偽りの約束　胸を裂く痛み
さればきみ　永遠の乙女よ　野辺の棺《ひつぎ》に
彷徨《さまよ》える詩人　もしくはヨハネ――

数時間後。司法解剖を終えた妙子がシャワーを浴びて死因究明室に戻ると、町田が私物のインスタントコーヒーを淹《い》れてくれた。

遺体から出た泥を彼に渡して、妙子は立ったままコーヒーを飲む。

疲れた。そう思って肩を揉《も》み、グルグル首を回していると、どうしても一服点けた

くなった。煙草とライターをポケットに入れ、ポケットベルを手に取ると、

「喫煙するなら、一階の喫茶室で吸ってもらえませんか」

と、町田が言う。

「どうして？」

「刑事さんが、そこで石上さんを待っているって」

町田はしれっと言って、笑った。

「いやあ。解剖の後はお疲れで、お会いできるかわかりませんよと、一応、言ってはおいたんですが、気が変わるかもしれないから待ってみるってしつこいもので……だから、もしも一服しに行くのなら、喫茶室へ寄ってあげてくださいよ。たぶんまだ、そこにいると思うんで」

「なんなのいったい。しつこい刑事ね」

町田の配慮に感謝しつつも、妙子は毒づく。

検死官は死者の代弁者であるけれど、その声はきちんと死体検案書に書き込んでいる。聴取で事が済むのなら、死体検案書なんかいらないはずだ。それに、そもそも、

「私より新井助教授と話すべきだと思わない？」

「そうですねえ」

両手を消毒液で洗いながら、町田は気のない返事をする。

「でも、石上さんはここのホープだから。刑事さんって、人を見る目が確かだっていうじゃないですか？　だから、石上さんの資質を鋭く見抜いたのかもしれませんよ」

「資質って？」

町田はそれには応《こた》えずに、検査用の手袋をはめてシャーレを開けた。

「成分を調べておきますね。データと照合すれば、どのあたりの土かわかるかもしれないし」

「お願いします」

妙子は町田に頭を下げた。すでに終業間近で残業代も出ないというのに、町田は今から分析をしてくれるという。彼がいなかったら死因究明室は回らないんじゃないかとも思う。今日はジョージの虫カゴを手伝えなかったこともあり、妙子は少々焦っていた。法医学部主催のシンポジウムの準備もあるし、論文も進んでいない。

天井を向いて、

「うああー、もうっ」

と、雄叫《おたけ》びを上げると、妙子は髪を掻き上げながら、大股《おおまた》で死因究明室を出て行った。

医学館の一階ロビーを奥へ入ったところに、十畳程度の喫茶室兼喫煙室がある。テーブルと灰皿と自販機のみが置かれたその場所で、若い方の刑事が待っていた。室内が白く煙っているのは、彼の吸う煙草が原因だ。妙子も喫煙者ではあるが、閉鎖空間で喫煙するのは好きじゃない。特に誰かの肺から出た煙を、また吸わされるのは。

ドアを開けるなり、出て来た煙を片手で払うと、厚田は恐縮して立ち上がり、吸いさしのセブンスターを揉み消した。

「あ、これはどうも。お疲れ様でした」

「何かお話があるそうで？」

訊《き》きながら、妙子は窓という窓を開け放つ。室外機のそばで吸う煙草は旨《うま》いけど、喫煙室で吸う煙草はイマイチだ。その差はたぶん、開放感にあると思う。振り向くと、厚田が両手をバタバタさせて煙を追い払っていたので、笑ってしまった。

「煙草はお嫌いなんですね。失礼しました」

「いいえ。私も吸いますよ」

虐《いじ》めてやろうと思っていたのに、不覚にも笑ってしまったことで興が削《そ》がれた。妙子はマイルドセブンを咥《くわ》えて、火を点《つ》けた。

「密閉空間で吸うのが好きじゃないだけです。余計体に悪い気がして」

「はあ」

「肺に煙草の煙が入ったときの映像をご覧になるといいわ。ニコチンのせいで肺胞が痙攣《けいれん》するんですよ。それはもう、恐ろしいくらいに。あれを見て煙草をやめた先生は多いのよ」

煙を吐きながら妙子は言う。それでもやっぱり、解剖後の一服はやめられない。

「それで？　喫煙のリスクについて話すために、私を呼んだわけじゃないですよね？」

三センチほど吸って、煙草を揉み消す。いつの間にか、厚田は自販機の前に移動していた。

「先生……じゃなくて、石上さんは何を飲みます？」

ポケットに手を入れ、訊いてくる。妙子は微塵《みじん》も遠慮しないで、

「ホットコーヒーをブラックで」と、答えた。

朝から降り続いていた雨もいつの間にか上がって、開け放った窓から湿気《しけ》った風がそよいで来る。熱くもなく、冷たくもなく、繁茂する木々の香りを含んでいる。

喫茶室のテーブルに向かい合い、厚田と妙子は紙コップのコーヒーを飲んだ。気詰

まりな沈黙がわずかあり、厚田はまた、煙草に火を点けた。若いのにかなりのヘビースモーカーだ。

「先ほどのご遺体なんですがねえ、虫垂炎の手術の跡がありましたっけね？」

「あったわね」

答えると、咥え煙草で手帳を開き、その上に落ちた灰を払って厚田は言った。

「ポケベルで署から呼ばれましてね。ご遺体の身元ですが、行方不明になっていたOLじゃないかってことでした。髪型、身長、体つきと、年齢がね。それと虫垂炎の手術を受けていたことも。血液型はA型で……」

「血液鑑定の結果はもう少しかかると思いますけど……誰なんですか？　その、行方不明になっている女性は」

厚田は一刻も早く遺体を固有名詞で呼んでやりたいのだろう。妙子が訊くと、手帳に目を落としたまま首を傾げて、人差し指で眉毛《まゆげ》を掻《か》いた。

「峯村恵子という女性です。十九歳で宝飾店勤務。五月二十九日に通常通り退社した後、翌日から無断欠勤していたようで、六月一日に知人から捜索願が出されています」

「宝飾店って、神田ジュエリー？」

「あ？どうしてそれを？」

中を覗《のぞ》かれたとでも思ったのか、厚田は訝《いぶか》しげに手帳を閉じた。

遺体の口腔《こうこう》内から詩を書いたメモが見つかったから、この刑事が連続殺人を念頭に置いているのは間違いない。戸田雅子の時と同様絞殺に使われたのはストッキング様のものだった。しかも甘ったるくて下手くそな詩。筆跡鑑定をするまでもなく、厚田は二つの筆跡が似通っていると思ったはずだ。実際にあれを見たときは、正直に言って妙子も震えた。そして今、妙子は別の意味でも震えそうになっていた。

ポケットというポケットに手をやって、千賀崎にもらったメモを探す。体中に触れてから、ようやく、メモをシステム手帳に挟んだことを思い出した。

「刑事さん。前にお会いしたとき、朝賣新聞をあげましたよね」

「頂きました」

「今朝、それを書いた週刊トロイの記者と会ったんです。その時に、失踪《しっそう》した少女たちのリストをもらったんですが、神田ジュエリーもリストにあって、たしか、誰かの勤め先で……」

「峯村恵子さんの勤め先です。その記者とは、どういう経緯で会ったんですか？」

妙子は責めるような目で厚田を見やった。

「電話を掛けてきたんです。どうして私の事を知っているのかと思ったけれど、刑事さんが彼と会ったとき、私のことを話したんじゃないですか？　記事のことで刑事が訊《たず》ねてきたと、そう言っていましたけど」

「俺が？　いや。たしかに週刊トロイは訪ねましたが、余計なことを言ったりはしませんよ。俺も、照内の親父《おや》っさんもね」

厚田はガリガリと頭を掻いて、

「その記者ですが、名前は千賀崎といいましたっけか？」

と、妙子に訊いた。

「そうです」

妙子も首を傾けた。てっきり、お喋《しゃべ》りな刑事が情報を漏らしたと思っていたのに。

「先生、いや、石上さんとその記者は、会って、どんな話をしたんです？」

「戸田雅子さんや松本薫子さんを司法解剖したのかと訊かれました。彼が捜していた少女の一人が、松本薫子さんだったらしいです。私は答えませんでしたけど」

「自殺で処理された十七歳の少女ですね」

「そうです。それで、リストを渡されました。もしもまた、その中の誰かを司法解剖するようなことがあったら、何でもいいから情報が欲しいと。守秘義務がありますから、もちろんそんなことはしませんけれど」

厚田は顔を上げて妙子を見た。

「その中の誰かを司法解剖……ですか。記者って奴は、ろくなことを考えてやがらねえな。そのメモ、俺にも見せてくださいよ」

「メモはシステム手帳の中です。研究室に置いてきたわ」

妙子が立ち上がると、厚田は根本まで一気に煙草を吸ってから、コーヒーを飲み干した。それを見て妙子もコーヒーを流し込み、「ごちそうさま」と、厚田に言った。

互いに薄給な者同士、奢《おご》ってもらったコーヒーを残すのは申し訳ない。世間は好景気に浮かれているが、公務員には関係ないのだ。

二人は喫茶室を出て死因究明室へ向かった。

「その記者ですが、刑事さんにも情報提供したと言ってましたよ？　そっちも同じリストをもらっているんじゃないんですか？」

「はあ。だからですね、それが同じリストかどうか、確認させて頂きたいんで」

それはまあ、ごもっともだが、面倒なことに巻き込まれるのはウンザリだ。そもそも死体検案書に余計な（ことだと警察が思っていた）事実を書き込んだのが始まりで、それをしたのが自分であるのは認めなければならないが、あの時は、しつこい記者につきまとわれる羽目になるとは想像もしなかった。狭いエレベーターに厚田と二人で立ちながら、妙子は、法医学者が進む道は非効率的だと悟った気がした。

「照内の親父っさんに、いっつも言われているものでして。捜査に先入観は禁物だって」

明滅する階数表示を見上げて厚田が呟《つぶや》く。

司法解剖も同じよ。と、妙子は心で同意した。

厚田を連れて死因究明室に戻ると、町田が受話器を握って立っていた。

「あ」

と、言うなり妙子のポケットベルが鳴り、モニター表示に0が四つ浮かび上がる。

「ちょうど、石上さんを呼ぼうとしていて……」

そこまで言ってから、町田は厚田に気付いて頭を下げた。

「ああ、どうも。会えてよかったですね。司法解剖は疲れるから、ぼくとしては面会を許可したくなかったんだけど」

厚田が何か答える前に、

「私に急用？　何があったの？」

と、妙子は訊《き》いた。町田はもう厚田を見ておらず、『検査技師　町田』と書かれた名札を誇示するように胸を反らして、検査室の方へ顎《あご》をしゃくった。

「さっきの土ですけど、黒土の塊だと思っていたら、変な虫が潜んでいました。それで、例の外国人に見てもらったらどうかと思って」

「変な虫ですって」

そういえばシャーレに泥を掻き出したとき、コロンとした塊があったように思う。

妙子は厚田をその場に残し、パーティションで仕切られた検査室へ入っていった。

町田が泥から取り分けたのは、甲冑《かっちゅう》を着たダンゴムシのような虫だった。死んでいる。

「サー・ジョージに調べてもらう。タイムリーだったわ、ありがとう」

「どういたしまして」

町田はニッコリ微笑んだ。非常勤職員の就業時間はとっくに過ぎているというのに、町田は検査室の椅子に座り直して、土の溶液を調べはじめた。非常勤の仲間が帰っても、町田は大抵残っている。

「早く行って下さいよ。刑事さんが待ってます。こっちも土の分析を急いでおきますから」

妙子は深く頭を下げて、検査室を出た。

「虫がどうとか言ってましたね？」

会話に耳を澄ましていたのか、厚田は検査室の前で待っていて、妙子のシャーレに視線を注いだ。若くて憎めない感じだが、時々見せる眼光は鋭い。

「ご遺体に詰まっていた泥を検査してもらっているんだけど、その土に、虫の死骸が交じっていたのよ」

厚田は眉間《みけん》に縦皺《じわ》を刻んだ。

「ダンゴムシ……にしては、でっかくてごっつい。それにギザギザしてますねえ」

「たぶんシデムシの幼虫だと思うわ。詳しい者がいるので、検査に出します」

「こんな虫から、何かわかるってんですか？」

妙子は思わず鼻の穴を膨らませた。

「法医昆虫学という学問があるんです。遺体に付く虫を調べることで、死亡日時を推定したり、虫の分布から遺体が遺棄された場所を推定することも」

「へえぇ」

ここにはジョージという研究者がいて、虫から餌の情報を割り出す研究までしていると、つい余計なことまで話しそうになって、話題を変えた。

「……ええと、それで、リストでしたね」

「ええ、そうでした」

シャーレを置いて、デスクのシステム手帳を取る。

「システム手帳なのに、持ち歩かないんですね」

厚田が訊いた。

「司法解剖室へは持っていきません。向こうには専用のメモシステムがあるし……あ、これです」

妙子が覚えていたとおり、リストには神田ジュエリー勤務の少女がいて、名前も峯村恵子だった。年齢は十九歳。失踪《しっそう》日時から推測できる遺体の状況にも齟齬《そご》はない。あれが峯村恵子だったとするならば、失踪して二日以内に殺害されたことになる。

「これ、コピーを頂けませんかねえ？」

原本を渡してもよかったのだが、厚田が言うのでコピーしてやった。

「どう？　そちらの情報と同じだったかしら？」

「一緒ですね」

と、厚田。彼はコピーを手帳に挟み、コホンとひとつ咳払《せきばら》いをした。

「せ、もとい、石上さん」

「もう先生でも何でも、呼びやすいように呼んでください」

「松本薫子さんの件ですが、先生が見つけてくれた紙の繊維、科捜研の調べでは、戸田雅子さんの口にあったメモと同じだったようなんで。今日の遺体が咥《くわ》えていたのも、おそらく同じメモじゃないかと」

「じゃ、三人は連続殺人だと思うんですね」

「どうも、そういうことになりますか」

モジモジと、厚田は床を見つめている。

「どうして、それを私に話してくれたんです？」

厚田は何気に検査室を窺《うかが》った。ガラスの向こうに町田はいるが、分析に夢中になっているらしく、顔を上げようともしない。

「そりゃぁ、なんといっても先生があれを見つけてくれたもので、やっぱり気になるだろうというのがひとつ。あとは、先生が手を抜かない人だとわかって、相応の情報をやりとりするのが捜査上メリットになると思ったからです」

「捜査上のメリット」

「だって先生。あんた、怒っているでしょう。そうじゃありませんか」

厚田は悩み事を打ち明けるような口調で囁《ささや》いた。

「戸田雅子もですが、今日の少女も性交の痕跡《こんせき》がありましたよね。どんな野郎か知らねえが、未成年者に手を出して、絞め殺して、ふざけた詩を口に突っ込んでおくなんざ……」

もちろん妙子も遺体から詩が出た時はゾッとしたし、誰かがそれをしたのなら、犯人の痕跡を見逃すまいと考えた。だが、少なくとも妙子は司法解剖に慣れており、厚田のように怒ることは滅多にない。毎日遺体と向き合っているうちに、普通の人とは思考回路がずれてしまったのかもしれない。

「怒っているのは刑事さんのほうでしょう」

「そりゃ、俺は頭に来てますよ？　でも、怒りで目が曇ったら本末転倒になっちまいますからね、冷静でいようと頑張っています。ただね」

厚田は真っ直ぐ顔を上げた。嘘のない、と、思わせる瞳《ひとみ》が、熱を帯びて光っている。

「こんな事件を目の当たりにして、犯人に怒らない人間がいるとしたら、俺はその人間を信用できませんや。そういう意味で、先生なら、どんなに仕事が忙しくっても、事務的に検死を行うことはなかろうと信じられたってことですよ」

妙子は、ふうと溜息《ためいき》を吐いた。

「私に話というのは、もしかして……捜査の進捗《しんちょく》状況を教えてくれるためだった？」

厚田は照れたように前髪を掻《か》いた。

「最初に捜査協力を依頼したのはこっちですからね。照内の親父《おや》っさんに許可をもらって」

「刑事って、案外義理堅いのね」

「いや。通常そういうことはしないみたいで、おまえは馬鹿かと怒鳴られましたが」

その様子が目に見えるようで、妙子は思わず笑ってしまった。

「わかったわ。こっちも何か新しいことがわかったら連絡します。今までだって、警視庁から司法解剖にまつわる調査を依頼されたことはあるんだし、特別ってこともないと思うわ。刑事さん。あなたの連絡先を頂ける？」

厚田はハッとしたように胸をまさぐり、

「こりゃ失敬しました」

と、財布から真新しい名刺を出して、妙子にくれた。

東京都足立区、警視庁西荒井警察署、刑事生活安全課、厚田巌夫《いわお》。

それが新米刑事の名前であった。巌夫という固そうな名前は、この男にぴったりだ。

そう思うと可笑《おか》しくて、妙子はしっかり刑事の名前をインプットした。

厚田が死因究明室を去ってすぐ、妙子はシャーレを持って虫カゴへ向かった。さっき上がったと思った雨が、また降り出している。三四郎池にも等しく雨は降るだろう。野生動物は木々の根元でひっそり死んで、ひっそり土に還《かえ》ってゆく。狸はそれでいいけれど、人間はそうはいかない。人は人が死ぬ理由を知らずにいられないからだ。遺体を解剖し、あらゆる検査をしてまでも。

「因果だこと……」

溜息のように呟《つぶや》いて、妙子は傘もささずに駆け出した。

虫カゴでは、ジョージが奇妙な作業をしていた。二枚のOHPフィルムをライトテーブルに重ねて、それをテープで貼っているのだ。傍らにはカメラがあった。

「サー・ジョージ。いったい何をしているの？」

訊《き》くと、ジョージは満面の笑みで振り向いた。

「ああ、タエコ、きみの大学は素敵だね。検査装置だけじゃない、カラーコピー機が入っているし、来年はマッキントッシュの導入も検討されているそうじゃないか」

「マッキントッシュ？　何なの？」

「コンピューターだよ。ハードディスクが二〇メガバイト、ディスプレイ分離型で六つの拡張スロットを持つ。あれが入れば、こんな作業はモニター上で可能になると思うんだけど」

コンピューターなら、今も大型のものが導入されているはずだ。だが、マッキントッシュは違うのだろうか。妙子はシャーレをテーブルに載せ、ジョージの作業を手伝うことにした。色違いのＯＨＰフィルムには、塩基配列のような縞《しま》模様がある。

「これ……」

「気が付いたかい？」

と、ジョージは笑う。顔が近すぎて、妙子はわずかに体を引いた。

「タエコに手伝ってもらったサンプルからＤＮＡを検出してもらったものだ。今までは肉眼で配列をチェックしていたけれど、気が付いたんだ。カラーコピーを使えば早いって」

テーブルに置かれたＯＨＰフィルムは、赤と黒に色分けされている。塩基配列の画像をポジフィルムに落とし、それを拡大コピーしたものらしい。

「二枚重ねて、差を見るのね」

「そういうこと。最初はオーバーヘッドプロジェクターを使おうと思ったんだけど、あれは上下左右の画像が伸びて正確じゃないから、手間はかかるけど、これが一番手っ取り早いと思ってね」

「たしかに、原始的ではあるけれど、画期的だし、正確ね」

「原始的で結構。科学者のほとんどは、原始的な作業を積み重ねて、過去や未来を解き明かすんだ」

妙子とジョージは、フィルムを重ねて写真に撮る作業を繰り返した。餌と捕食虫のDNAは当然ながら違ってくるし、成分分析グラフの形も違う。ようやく作業が一段落する頃に、外は真っ暗になっていた。

「ここから確認作業に入りたいんだけど、お腹がすいたね？」

「本当ね」

そういえば昼食も食べ損ねた。妙子はようやく、自分がここへ来た理由を思い出した。

「そうだった。もしも本当に虫から餌の成分を検知できるなら、調べて欲しい検体があるの」

シャーレに入った幼虫を見せると、ジョージは目を輝かせた。

「大きいね。クロシデムシかもしれない。日本で一番大きなシデムシで、成虫は体長四センチくらいになるんだよ。死んでいるのか。残念だな」

「死んでいなかったら検査できないでしょう。ちょうどよかったのよ」

「うん」

と、ジョージは、妙子のシャーレを取り上げた。

「シデムシの母虫は肉を給餌するって言ったわよね？　だとしたら、幼虫の消化器官に未消化の餌が残っている可能性があるんじゃないかしら」

「その可能性は充分にあるね。乳鉢で磨《す》り潰《つぶ》す前に絞ってみよう。もしかしたら、餌のDNAが検出できるかもしれないよ。タエコが絞るかい？」

「あなたほど器用じゃないから、任せます。私は夕食を仕入れてくるから」

今日はもう疲れ切って、小さな虫の小さな口を、顕微鏡で探る元気はない。だから逃げ出す口実に、妙子はジョージを持ち上げた。上着もバッグも死因究明室に置いてきたから、一旦《いったん》戻って、買い物に出て、そしてまた徹夜になるだろう。疲れ切ってはいるが、早く結果を知りたい。

今までは、虫から餌の情報が検出できたとして、それが何になるのかと思っていたが、万が一ヒトの情報が出たならば、遺体そのものが確認できなくても、近くに遺体が埋められていたことがわかる。人と昆虫ではゲノムの大きさが違うから、餌のDNAを分けることは、理論上は可能なはずだ。

荷物を取りに戻ってみると、暗い廊下で町田が死因究明室のドアに鍵《かぎ》を掛けているところだった。

「あ、石上さん。まったく……」

と、町田は大きな溜息《ためいき》を吐いた。

「いったいどこへ行ってたんです？　荷物が置きっ放しだったから、ひとまず施錠しようとしていたところで」

「ごめんごめん」と、妙子は謝る。

「虫カゴへ行ったらサー・ジョージが面白いことをやっていて、手伝っていたらこんな時間に。今夜も遅くなりそうだから、荷物だけ取りに来たの」

町田は死因究明室のドアを開け、室内に明かりを点《つ》けた。

「本当に悪かったわ。ここは閉めて帰るから、行ってください。鍵は私が戻しておきます」

「あの土ですが、どこのものか、ほぼ特定できたと思いますよ」

得々とした顔で町田は言った。彼がぐずぐずしていた真意は、どうやらそこにあったようだ。

「ほんと？」

町田はもう自分のデスクへ戻って、分析書類を取り上げている。

「荒川河川敷の土じゃ、ありませんでしたよ。凝灰岩《ぎょうかいがん》、安山岩《あんざんがん》質岩石、それと、凝灰角礫岩《れきがん》も交じっていました。色も黒かったし、調べてみたら霧積《きりづみ》層群というのが近いかなって」

「霧積層群って？」

「碓氷《うすい》川や霧積川流域に広がる地質らしいです。分布としては軽井沢の北と、中軽井沢の北、あとは湯川の谷に沿って地質があるようで」

「軽井沢……」

松本薫子と戸田雅子の遺体が発見された場所じゃないか。妙子はザワリと鳥肌が立った。怖かったからではない。興奮したのだ。町田の資料に目を落とし、こんな時間まで作業してくれたことに感謝する。

「ありがとう。すぐ刑事さんに知らせるわ」

「お役に立ててよかったです」

町田はようやく踵《きびす》を返した。その丸い背中を眺めながら、妙子は訊いた。

「いつも遅くまで大活躍してくれて……町田さんって、ご家族は？」

「ぼくは気楽な独り身なんで。実家も埼玉で近いですしね。家に帰ったからって、別にすることもないですし」

「そう。私と一緒ね」

町田はドアの前で立ち止まった。

「全然違いますよ、石上さんとぼくとでは……じゃ、おやすみなさい、また明日」

振り向いて微笑むと、町田は部屋を出て行った。

システム手帳を鞄《かばん》に入れて、財布の中身を確認し、夕食にはサンドイッチかハンバーガーを買おうと決めてから、妙子は死因究明室に施錠した。

第四章　芸術家

翌朝。

朝賣新聞の一面に、【荒川河川敷に若い女性の絞殺体】と題した記事が掲載された。

足立区の荒川河川敷で、若い女性の変死体が見つかったという内容だった。

…遺体は死後数日が経過しており、他の場所で絞殺された後、河川敷まで運ばれて遺棄されたものと見られる。服装や年齢、歯の治療痕《こん》などを手がかりに、現在身元の割り出しが進められている。

数日前にも軽井沢町の山林で戸田雅子さん（19）が絞殺遺体で見つかっており、警視庁ではこれら事件の関連も視野に捜査を進めている。

【軽井沢で殺害された戸田雅子さん・関係者の行方追う】

…○月○日軽井沢町の山林で絞殺体となって発見された戸田雅子さん（19）について、友人らの証言から、雅子さんには交際中の男性がいたことが判明した。この男性は……

ようやく妙子が死因究明室へ戻った頃には、部屋は事件の話題で持ちきりになっていた。千葉大学から戻ったばかりの両角教授も、今日は自分のデスクで朝刊を読んでいる。

「軽井沢で見つかった戸田雅子さんのほうだけど、交際中の男がいたらしいと書かれているね」

両角教授は誰にともなくそう言った。

妙子も喫煙室で朝刊を読んではきたが、一晩中虫カゴで作業をした後なので、会話に加わるのも億劫《おっくう》だった。教授の独り言を聞き流し、無言で自分のデスクに座る。

「石上さん、目の下、すごいクマ」

年下の女性研究員が、あっけらかんとそう言った。

妙子は両手で強く顔面をこすった。三十路《みそじ》に近づけば誰でもクマの二匹や三匹、目の下で飼うようになるものよ。あと三年もすれば、あんたにだって一匹憑《つ》くわ。

妙子は心でそう答え、首を回しながらデスクを眺めた。

新井助教授から昨日の司法解剖の書類が回ってきている。血液鑑定の結果も書き込んであり、遺体の血液はA型で、膣《ちつ》内に残された精液もまたA型だったと書かれている。早く書類を上げなければと、妙子は拳《こぶし》で後頭部を叩《たた》いた。

「コーヒーです。その様子じゃ完徹だったようですね」

町田がインスタントコーヒーを運んでくれて、妙子はありがたく頂戴《ちょうだい》した。

「町田さんが調べてくれた土のこと、厚田刑事に話したわ。そうしたら、科捜研の見解と一緒ですって。わかっているなら、そう言ってくれればよかったのにね」

「いえいえ。ぼくは土壌の専門家じゃありませんからね。類推が正しかったとわかるのは、むしろ嬉《うれ》しいですよ」

「戸田雅子さんが埋められていた場所の土と、ほぼ一致したと言ってたわ。あのご遺体も近くに埋められていたのを、事件がニュースで取り上げられたので、他へ動かそうとしたんじゃないかって」

「軽井沢に埋めてあったのを掘り起こして、荒川まで運んで来たというんですか？」

「そうみたい。川に遺棄するつもりだったのが、夜中に犬の散歩に来た人がいて、慌てて放り出して逃げたんじゃないかって」

「川なら軽井沢にだってあるでしょう？　何でわざわざこんなほうまで」

「何の話ですか？」

と、女性研究員が訊《き》く。

両角教授も顔を上げた。こちらの会話を聞いていたのか、ニコニコしている。

「石上君が最初の遺体の異変に気付いたから、事態が急展開したってことなのかねえ」

教授は朝刊を持って近づいてきた。どうしても事件の話をしたいようだ。

「ところで、この事件が週刊トロイの失踪《しっそう》記事とリンクしていたって本当かい？　雑誌記者っていうのは、こんなことまで独自取材をするんだねえ。不明になっている少女は九人。絞殺遺体が二人出て、一人が不審死」

「その記事なら、トロイに続報が出ていましたよ」

と、町田。彼は自分のデスクから新刊を取り出し、持ってきた。

【消えた少女ら・神隠しではなく殺人か】

両角教授を差し置いて、妙子は思わず雑誌を取った。

「けっこう面白い、読ませる記事になっていますよ。記者が追っていた少女のうち、一名が自殺、一名が他殺。で、ほか何名かの周囲には、同じ男の影がちらついていたと書いてある。少女たちはいずれも育ちのいい、いわゆるお嬢様というタイプ。交際相手なんかいないと、家族や親族は口を揃えていうものの、友人らに聞き込みをすると、真剣に交際していた相手がいたと答えるらしい。それで、ここがなんとも不気味なんだけど」

「相手の男性について友人らは、詩人、画家、美術教師、音楽家、総じて芸術家だと答えるという話ですよね？」

すでにトロイを読んだらしい女性研究員が補足する。妙子は雑誌を教授に渡し、インスタントコーヒーをぐびぐび飲んだ。

「ほんとうだ」

と、両角教授は奇声を上げた。

「実際、被害者の遺体から詩が見つかっているだろう？　だから、芸術家っていうのが不気味だねえ。顰蹙《ひんしゅく》覚悟で言わせてもらうと、ミステリー小説に出てくる事件みたいだ」

「詩って、なんのことですか？」

女性研究員が興味深そうに訊いたので、

「なんでもない。他言は無用だよ。捜査上の機密事項に抵触することになるからね」

と、両角教授は慌てて話を打ち切った。彼は優秀な法医学者だが、人好きと好奇心が高じて口が滑る危うさがある。

妙子は同じ情報を知っているであろう町田を盗み見たが、彼は素知らぬ顔で、すでに作業を始めていた。対人関係など面倒臭いと思うタイプの方が、こういう仕事には向いているのかもしれない。例えば町田や、自分のように。

朝礼とは名ばかりの確認作業を終えて、それぞれが正式に自分の持ち場に着いた頃、妙子は欠伸《あくび》をかみ殺しながら、昨日の死体検案書を両角教授に提出した。

「これね、すぐに西荒井署に送るよう、新井助教授に伝えてくれないか」

教授は書類に押印して妙子に渡し、妙子は、「はい」と、教授に答えた。

ちょうどいい。ついでに一服してこよう。始業時間に合わせて死因究明室に戻ったものの、ジョージは虫カゴでまだ作業を続けている。一服したらまた手伝いに行かないと、飲まず食わずで研究を続けて、体を壊す。ジョージという男はそんなタイプだ。

新井助教授の研究室へ書類を届けて、外へ出た。行儀が悪いと思いながらも、咥《くわ》え煙草に火を点《つ》ける。お気に入りの場所は雨水が溜《た》まって使えないので、妙子は歩きながら、消息不明の少女たちに男がいたことを考えた。家族はそれを知らなかったが、友人たちは知っていたという。

無理もない。十代は恋に恋する年頃だ。躾《しつけ》の厳しい家の子は、反対されるとわかっているから家族に隠して、友人だけに語るのだ。赤裸々に包み隠さず、何もかも全部。

それにしても、交際相手がみな芸術家を名乗っていたのは偶然だろうか。それとも、同じ男が同じ時期に、複数の少女と関係を持っていたのだろうか。犯人は性交後に少女を絞め殺して軽井沢の山林に埋めた。三人の遺体が軽井沢にあったことを考えるなら、殺人は同じパターンで繰り返されたのか。なぜ、軽井沢だったのか。

「まあ……想像はつくか」

国際共同研究棟の前で立ち止まり、妙子は空に煙を吐いた。殺された少女たちの無念を思ううち、フィルターのギリギリまで煙草を吸ってしまっていた。

洒落《しやれ》た雰囲気の軽井沢に憧《あこが》れる少女は多いだろう。

少女は恋する自分に恋をする。軽井沢にはロマンチックな響きがあるし、そこへドライブに誘われたなら、しかも相手が芸術家タイプのすかした男なら、夢見がちな少女にデートを断る理由なんかないはずだ。彼女たちは喜んでついていき、犯されて、殺された。下手くそな詩に謳《うた》われて、それを口に押し込まれ……

ジュッ、と水たまりに煙草を落として、妙子は国際共同研究棟の虫カゴへ向かった。

虫カゴの前室には、すでにいくつかの物品が届いていた。ざっと確認して、それぞれをどうするか頭に入れてから、研究室へ向かう。ドアには窓がついていて、部屋の内部が窺《うかが》える。

何の気なしに中を覗《のぞ》くと、研究機器が置かれたテーブルの前に、ジョージがぼうっと突っ立っていた。徹夜明けなのでさすがに目の焦点が合っておらず、宙を彷徨《さまよ》う視線が物憂げだ。テーブルを支えるように置いた手がいくらか震えているようで、妙子は少し心配になった。驚かさないようノックして、ドアを開ける。

「あ、タエコ！　早くこっちへ来てごらん」

その瞬間、ジョージは満面に笑みを見せた。

さっき見たのは何だったのか。満身創痍《まんしんそうい》の妙子と違い、彼は昨夜よりも元気に見える。一晩中、一緒に塩基配列やゲノムのデータを見比べていたのに、目の下にクマもなければ、目の縁が赤くなってもいない。ジョージは興奮した面持ちでいきなり妙子の手を取ると、彼女をテーブルへ引っ張っていった。

「思った通りだ。給餌用の肉から、餌になった豚の塩基配列が出たよ」

ジョージは重なったOHPフィルムを妙子に見せた。

「微量混合試料の分離は煩雑だけど、餌を搾り取る方法なら作業が容易で精度も高いとわかった。アミノ酸に分解される前の肉団子が、この子の口に残っていたら……」

「大丈夫？」

妙子はそう訊いてみた。

「なにが？」

意味がわからないというようにジョージも訊《たず》ね、シャーレに入ったクロシデムシの幼虫を指す。それで妙子も、徹夜明けで大丈夫？　と、訊き返すのをやめた。

「この子の口を、検査用の針で探ってみたんだ。付着物を検査すれば、餌として何が与えられていたかわかる。何が検出されるか見物《みもの》だね。早速解析に回してきたけど、最優先で試してくれるそうだから」

今現在、ＤＮＡ鑑定検査の精度はまだ低く、個体を特定できるほどではない。だが、シデムシが食べたのが、豚なのか、狸なのか、それとも人間なのかは判別できるし、それがヒトであった場合は血液型や性別も判別できる。たった今新井助教授に戻してきた死体検案書によると、被害者の血液型はＡだった。ならばこの幼虫から出るＤＮＡも、Ａ型のヒト♀である可能性が高い。

「すごいわ、ジョージ」

妙子は虫から餌の情報を検出するという発想を褒めた。この男はどこまで虫が好きなのだろう。それとも、虫が語る事実を追究することが好きなのだろうか。

ジョージは薄い水色の目で妙子を見下ろし、突然彼女の両肩に触れた。それから妙子の指を開かせて、手のひらの形をまじまじと見た。

「こんなに華奢《きゃしゃ》な手で、遺体を解剖するんだね」

今さら知ったかのように嘆息するので、妙子は両手を引っ込めた。

「ああ、ごめん」と、ジョージは笑い、

「週末。食事に行かないか」と、いきなり聞いた。

「実は、イギリスから母が来ることになっていて、食事に行くレストランを下見したいんだけど、付き合ってもらえないかな」

「私が？」

妙子は目をぱちくりさせた。妙子が食事に使う店といえば、構内の食堂のほかにはコンビニとラーメン店と、学生たちと飲みに行く居酒屋だけだ。レストランと名のつく場所は、ファミリーレストランでさえ、ここ何年も行ったことがない。

「ごめんなさい。ムリだわ」

と、妙子は答えた。

「なぜ？」

「気を遣うから。高級な店は苦手なの」

大学に入ってからずっと、そういう世界と無縁の生活を送ってきた。学び、研究し、働いて食べて寝るだけの人生に彩りを添えるのは、コーヒーとマイルドセブンで充分だったし、これからもたぶんそうだろう。踵《きびす》を返すと腕をつかまれ、引き寄せられた。

「どうしてもタエコと行きたい。ちょっと来て」

八畳ほどしかない研究室を、ジョージは妙子の腕をひき、隅に置かれた棚の前まで連れてきた。ちょいと腕を伸ばして棚の上をまさぐると、一抱えほどもある平らな箱を引きだした。光沢のある白い箱に真っ赤なリボンが結ばれている。

「なんなの」

怪訝《けげん》そうに妙子は訊《き》いた。

「贈り物だ。これを着て、ぼくとデートして欲しい」

胸の前に突き出された箱が大きすぎ、思わず妙子は手を添えてしまった。

友人から送られてくる結婚式の招待状は、忙しいことを理由に、餞《はなむけ》とメッセージを送るだけで避けてきた。興味本意で仕事の内容を探られることの理不尽さが厭《いや》で合コンの誘いを断ると、変人だからと揶揄《やゆ》された。腹が立って、諦《あきら》めて、いつの間にか開き直って、プライドをかき集めて見ない振りをしてきた華やかさの片鱗《へんりん》に、迂闊《うかつ》にも触れてしまった気持ちになった。

陽が落ちてアパートに帰るとき、街ですれ違う人々や、まばゆい喧騒《けんそう》など、日々遺体と向き合う自分には関係のない世界に魅せられてしまうことがある。それを羨《うらや》む気持ちもなければ、羨んだことすらないと思っていたのに、真っ赤なサテンのリボンが醸す昂揚《こうよう》はどうだろう。蠱惑《こわく》的なジョージの表情は。

彼が待ちわびているのがわかったので、妙子は箱をテーブルに載せて、サテンのリボンをするりとほどいた。蓋《ふた》を開けると、ベージュのドレスが入っていた。アンティークなのだろうか、ワンレンボディコンが流行《はや》っている今には珍しい、上品でエレガントなデザインだ。

ジョージがそれを妙子の肩に宛《あて》がうと、ドレスはシャリシャリと歌うような音を鳴らした。

「思った通りジャストサイズだ。そうだろう?」

世間の女性は、こういう時どんな反応をするのだろう。素直に、「素敵!」と、相手の首にかじりつくのか。それとも瞳《ひとみ》を伏せて、微笑んで、しとやかに礼を言うのだろうか。

わからずに妙子は、彫像のように固まった。

「ヒールはいつものそれでいい。この色なら、どんな靴とも合うからね」

ジョージは屈託のない笑顔を見せて、

「それで、タエコ。週末は暇かい?」と、再び訊いた。

「ぼくを助けてくれないか。男独りで高級レストランへ入るなんて、そんな惨めな思いをさせないでくれ」

妙子は改めてジョージを見た。

このイギリス人はバックパッカーで、今も毎日汚いバックパックを背負って大学へ来る。中身は気のいい好青年で、学生たちに講義をし、虫の研究を熱心に続けて、三四郎池の狸やシデムシの子育てを観察し、蛆虫《うじむし》をすり潰《つぶ》すことも厭《いと》わずに、土から虫を発生させるオタクだけれど……あれこれを目眩《めくるめ》く思いながら心のままに頷《うなず》くと、ジョージは、「はっはぁ！」と、手を叩《たた》いて喜んだ。反面、妙子のほうは、あまりに乙女チックな展開に嫌悪しかなくて、真っ赤になっているだろう自分を殴ってやりたいくらい恥じ入った。間違いだ。こんなのは。私の人生にこんなシーンがあるなんて、まったく不埒《ふらち》でけしからんと、呪いのように呟《つぶや》きながら。

ジョージは二時限目に講義があるというので、時間がとれたら聴きに行くと約束して、死因究明室へ戻ったものの、妙子はドアの前で呼吸を整えなければならなかった。いい歳をして、なんということだろう。認めたくはなかったが、妙子は確かにときめいていたのだ。彼が母親と行くレストランの、下見に付き合うだけのことじゃないか。適当な服しか持っていない自分を案じて、ジョージが正装を手配した。ただそれだけのことなのに。

「勘違いは、しないこと」

ドアガラスに映る自分に言って、ノブを引く。

すると室内で内線に出ていた研究員が、

「あ。帰ってきたみたいです」

と、妙子を見た。おいでおいでと手招いている。

「刑事さんから電話です。厚田という人」

妙子は受話器を受け取った。

「先生、厚田です。早々に死体検案書のファックスを送って頂いて感謝します。おかげさまで被害者の身元が割れました」

電話の向こうで厚田が言う。

「遺体はやはり、行方不明の峯村恵子さんでした。ご家族に写真を確認してもらったんで、間違いありません。これで家へ帰してやれます」

「そうですか」

それを知らせるために電話してくるとは、律儀な男だ。

「あと、面白いことがわかりましたよ」

電話を切るかと思ったのに、厚田は声を潜ませた。

「記者のリストに平出直美という少女がいたのを覚えていますか？　タカハシ額店勤務の十六歳で、今回の被害者の峯村恵子さんの十日程前に失踪《しっそう》しているんですが」

そういえばそんな名前があったかもしれない。個人名はともかく、勤務先のタカハシ額店は記憶していた。

「二人は同人会に所属していまして、互いに面識があったことがわかりました」

「なんの同人会ですか？」

「黎明《れいめい》文学会という文芸同人誌です。会員は二十名程度で、二人とも入会して間もないってことでした。峯村恵子が小説を書いており、平出直美は挿絵画家を目指していて、この秋に同人誌デビューの予定だったようです。年が近いこともあって、仲がよかったようで」

「小説と……挿絵……」

妙子は朝刊の記事を思い出した。

「芸術家を名乗る男には騙《だま》されそうね」

「記事をご覧になったんですね？」

厚田の声が耳を打つ。

「まあ、千賀崎って記者のおかげもあって、こっちもリストの少女たちを聞き込みしています。明日にも新聞に載る予定なんで言いますが、今のところ少女たちの周囲に、白いカローラの男が浮上しています」

「白いカローラ」

「ええ。少なくとも失踪した九人のうち、松本薫子、戸田雅子、小林陽子、そして平出直美の周辺で、この男の目撃情報が出てるんですよ」

「どんな男なんですか？」

「それですがね」

と、厚田は言葉を切った。手帳を確認しているのだろう。しばらく間が空いたあと、

「相手の男は、年齢も名前も職業も、てんでんばらばらなんですよ。例えば松本薫子の場合、彼女に交際相手がいたと知る友人は、その男は山上という名前で、年齢は二十三だと証言しています。もちろん、彼女が友人にそう話したってことですが。職業は美術教師兼画家で、詩人でもある。金持ちのパトロンに呼ばれてもうじきフランスへ遊学するのだが、松本薫子は結婚してついていくと友人に語っていたそうで」

「随分夢のある話だわね。そんな少女がなぜ自殺を？」

「俺もですが、先生も、すでに自殺だと思っちゃいませんよね？」

厚田は笑った。

「まあ、ただ、うちの署が自殺と断定したのも、ちゃんと理由があってですね。松本薫子は結婚したい男がいると親に打ち明けて大目玉を食らい、家出をしていたんですよ。美術教師で詩人の男が、十六、七の小娘と結婚してフランスへ連れて行くなんて、親にしてみりゃ胡散臭《うさんくさ》い話もいいところですからね。おまえは騙されているんだと説教したら、家を飛び出して帰って来なくなった。二、三日は友人の家に泊まっていたようですが、そこもふらりといなくなって、遺体が軽井沢で見つかっています」

「だから、親は自殺だと言ったのね」

「そういうことです。一方、殺害された戸田雅子の彼氏は名前を今井というそうです。何をしている男なのかと友人が聞くと、とても大切な仕事をしていると答えたという。こちらも結婚の約束をしていたようですが、失踪する数日前から、雅子は悩んでいるようだったと」

「何を悩んでいたというの」

「浮気らしいです。男が他の女といるところを見たと」

「怪しいわねえ」妙子が言うと、

「そうなんです」と、厚田は答えた。

「今井という男の年齢ですが、雅子には二十八だと言っていた節がある。芦屋《あしや》の由緒ある家の生まれだが、家が厳格で窮屈なので、あまり帰りたくないのだと。で、双方の男ですが、氏素性《うじすじょう》はともかく、見た目の印象が一致しています。山上も今井も白いカローラに乗った、ベレー帽の男だったというんです」

「ベレー帽？　はっ。それって男がハゲ隠しに被《かぶ》るやつよね？」

厚田は一瞬言葉に詰まった。

妙子はかまわず受話器に手を添え、デスクの縁に尻《しり》を載せた。芸術家気取りのすかした野郎を想像してはいたものの、輪をかけていじましい優男のイメージが浮かぶ。

「ハゲ隠しとは限りません。なにせ十代の女の子がときめくんですから。でも、ま、そのベレー帽が曲者《くせもの》でしてね。帽子の印象が強すぎて、誰も男をちゃんと見ていないんで」

なるほど、そういう手もあるか。妙子は心で呟いた。年齢も名前も職業も偽っていたというのなら、男はやはり、最初から少女たちを食い物にするつもりだったのだ。痛ましさよりも、次第に怒りがつのってきた。

「それじゃ、昨日解剖に附された峯村恵子の周辺からはどうなんです？　同じ男の目撃情報は出てるんですか？　峯村恵子は小説を書いていたのだから、詩人や作家を騙《かた》る男には、簡単に丸め込まれてしまいそうよね」

「それが、峯村恵子だけは、少々事情が違うんで」

と、厚田は言う。手帳をめくる音がした。

「彼女には柴田《しばた》六朗《ろくろう》という、同棲《どうせい》中の恋人がいましてね、捜索願を出したのが彼でした。署に呼んで聴取しましたが、今のところ証言に怪しいところもありません。全くの主観で言わせてもらえば、柴田はシロですよ。親も公認の仲だったようだし、結婚式の日取りも決まっていました。しかも、今月の末ですよ。失踪当日、柴田は残業で遅くなり、だから恵子も寄り道したのだと言っていました。帰ったら彼女がいないので、交通事故に遭ったんじゃないかと思ったり、友人や知人に当たったり。誰も会っていないというので、警察に連絡してきたそうです。こっちもですね、遺体の口に入っていたことは伏せて、例のヘンテコな詩を読んでもらいましたが、心当たりはないそうです」

ジュエリー店勤務の十九歳。恋人がいて、趣味で小説を書いていた峯村恵子。それでは彼女はなぜ、『芸術家』についていったのだろう。同じ頃に失踪した平出直美はどこにいるのか。そして、生きているのだろうか。

「紙片を押し込まれた被害者たちは、ほとんどが失踪当日か、その翌日に殺害されてしまっています。今、白いカローラに乗ったベレー帽の芸術家を懸命に探しているところですが……」

厚田はそこで言葉を切って、

「先生。そっちはどうなんです？　何か新しいことがわかったりしていませんかねえ」

と、訊《き》いてきた。

「昨日の虫を検査しています。正確には、消化器官に残っていた未消化の肉を」

「はああ」

厚田は感心したように溜息《ためいき》を吐いた。

「法医学ってのも、大変なんですねえ。でも、わかったことがあったら、お手数でも連絡をいただけませんか。どんなに些細《ささい》なことでも結構ですから」

「わかりました」

妙子は言って、電話を切った。

幸運にも妙子が司法解剖に携わることのなかった金曜日、あのシデムシの幼虫からヒトのDNAが検出された。ゲノムは確かにヒトのもので、シデムシがヒトの遺体を給餌されていたことがわかったのだ。

「血液型も調べてもらった。これによると、餌になったヒトは、B型の女性だね」

鑑定書類を見て、ジョージが告げる。

「え」

妙子は顕微鏡から目を離し、頭の中で考えた。幼虫は峯村恵子の遺体に付いていた。峯村恵子はA型だったはずである。

「ほんとうにB型だったの？」

振り向いてジョージに問うと、ジョージはなぜそんなことを訊くのかというように首を竦《すく》めた。妙子は立ち上がり、ジョージの鑑定書を手に取った。

「たしかに……染色体はXX、血液型はBになっている……どうして……」

肩越しに覗《のぞ》き込むようにして、ジョージは訊いた。

「何かおかしいのかい？」

「シデムシが付いていた遺体は、A型の女性だったのよ。これって、変じゃない？」

「ふむ」

ジョージは半歩妙子から離れ、曲げた人差し指で顎《あご》を押さえた。

「その遺体は死後どれくらいだったの？」

「まだそれほど経っていなかったわ。一週間から十日程度というところ。埋められていたので、遺体現象も緩慢だったの」

「ふむ。だとすればクロシデムシが付くのは早すぎる気がするな。遺体は土中にあったのだし、腐敗も進んでいなかったんだろう？」

「腐敗網が出始めた段階だったわ。それと腐敗水疱《すいほう》が」

顎に当てた人差し指を真っ直ぐに立て、ジョージはウィンクするように片目を閉じた。それからすぐに両目を開けて、その指を空中でぴこぴこ振った。宙に向けた視線の裏で、脳が活発に動いている。妙子にはそれが見えるようだった。

「たぶん……いや、もしかして……遺体のそばに別の遺体が埋められていたんじゃないのかな。B型の女性が」

ぞーっとして、妙子は全身に鳥肌が立った。ジョージは続ける。

「新しい遺体を埋めるとき、前の遺体が外気に晒《さら》され、シデムシの幼虫がこっちへついた。すでに母虫の給餌が始まっていたんだから、新しい遺体よりもさらに一週間から数日程度古い遺体だ。完全に埋められておらず、浅く土をかぶせただけの状態だったのかもしれない。枯れ葉で覆っただけとかね」

「同じ場所に、他の被害者もいたというの？」

三四郎池の草地に横たわる狸のビジョンが、腐敗した少女の姿に変わった気がした。しかも、少女は二人いる。

「サー・ジョージ。この鑑定書を警察にファックスさせて頂戴《ちょうだい》」

「どうぞ」

と、ジョージは微笑んだ。

「是非何らかの成果を上げて、日本でも法医昆虫学の分野に相応の予算をつけて欲しいな」

答えの代わりにジョージの腕に手を置いて、妙子はファックスの前へ移動した。西荒井署に連絡すると、厚田は生憎《あいにく》留守だった。今からファックスを送るので内容を確認して欲しいと告げると、相手は、厚田が戻ったら折り返し電話させると言う。時間を確認し、

「それなら明日にして下さい。明日なら、一日研究室にいる予定ですから」

と、妙子は答えた。今夜はジョージと出かける約束があるし、いつ来るかもわからない厚田の電話を待つ義理はない。そばにジョージがいたので、妙子はそう自分に言い聞かせた。

本当は、レストランの食事よりも捜査の方が気に掛かる。解剖で体を開かれなければならなかった被害者たちの無念が、ひしひしと妙子の胸に迫っていた。今までだって何度も司法解剖に携わり、相応の遺体と対面してきたはずなのに、今回はなぜか顕著に心が騒ぐ。それはおそらく、被害者を固有名詞で呼ぶことに拘《こだわ》る厚田のせいだと妙子は思った。

受話器を置いて顔を上げると、ジョージはすでに白衣を脱いでいた。壁の時計が午後六時四十五分を指している。

「用が済んだら、着替えて出ようか」

七時半に予約を入れてあるとジョージは言い、妙子の背中に手を添えて、虫カゴのドアから押し出した。

「医学館まで迎えに行くよ。十五分後でどう？」

「いいわ。でも、建物の外で待っていて」

妙子はジョージに答えると、医学館へは戻らずに、真っ直ぐ解剖室へ向かった。彼にもらったサテンのドレスは、解剖室に隣接するシャワールームに置いてきたのだ。そこには妙子専用のロッカーがあって、大きな鏡と、ドライヤーもある。デートの着替えを解剖室でするなんて、他人《ひと》は嗤《わら》うかもしれないが、そこ以外は学生や研究者たちの目があるし、高価なドレスを纏《まと》った姿は誰にも見られたくなかったのだ。自分の安アパートで試着してみたドレスがあつらえたみたいに似合ったことも、ドレスに合わせてこっそりピアスを買ったことさえ、妙子は負けた気がして恥ずかしかった。

十五分あれば楽勝だと思っていたのに、身支度には思いの外時間がかかった。いつもならシャワーを浴びた十分後には白衣を纏ってラボへ戻っていられたというのに、ドレスの裾《すそ》をはらったり、ルージュをひいて、また拭《ふ》き取ったりしていたら、髪を梳《と》かす間もないくらい、あっという間に時間が過ぎた。洗面所の鏡に映るのは見たこともない自分の姿だ。痩《や》せぎすで鶏《とり》ガラみたいな体は好きじゃないけど、ジョージのドレスは胸元にゆるいドレープがあり、ウエストの細さが引き立って、そのくせエレガントで上品に見える。肩までのボブカットも、ドレスに合わせて買ったゴールデンパールのピアスすら、初めから妙子の為にあつらえたかのようだ。

大急ぎで髪を梳かしつけて、妙子は掛けていたメガネを外した。どうせ度なんか入っていない。自分の細い目が嫌いなだけだ。それでもこんなドレスを着ると、銀縁メガネは滑稽《こっけい》だった。片手で髪を掻《か》き上げて、唇をきゅっと噛《か》みしめ、妙子は部屋を駆け出して行く。

大学の構内にはいつも人影があるが、互いが互いに注目しているかといえば、そうでもない。日没を迎えたばかりの空はまだ微《かす》かに紫色で、外灯にオレンジの明かりが灯《とも》り、人影は薄く夕闇に沈む。煉瓦《れんが》造りの医学館前に佇《たたず》む長身の男も、外灯の光が金髪に当たって、それがジョージとわかる程度だ。妙子はちょっと息を吸い、いつもと同じ大股《おおまた》で、ジョージの影に歩み寄った。

初めて死因究明室を訪れた時のように、今夜のジョージも正装だった。濃いベージュ色をしたシャツの襟を、若干着崩しているのが婀娜《あだ》っぽい。いつの間に髪を整えたのか、金髪をオールバックにして、胸にチーフを挿していた。

古い白黒のフランス映画で、こんなシーンを見たことがあると、妙子は思った。夕暮れの街角。男と女。ゴダールだったか、それとも……

一瞬そんなふうに感じたのは、ジョージの眼差《まなざ》しが動かなかったからだ。何かを間違えてしまったろうかと不安になるくらいジョージは魅入り、それからやっと微笑んだ。

「やあ……思ったよりずっと、似合っているね」

ごく自然に差し出された彼の手を取ったとき、妙子は最初の握手を思い出した。ひんやり湿った大きな手。ウェールズの森を覆う苔《こけ》のような感触。仕事熱心でユーモアがあり、人好きがして如才ないこの青年は、時々、どう接するのが正しいのかと不安にさせる雰囲気がある。

サー・ジョージ、どうして私なの？

出掛かった言葉を呑《の》み込んで、妙子はジョージについていった。そう訊《たず》ねることすらも、勘違いを増長させるようで怖いというのが本当のところだ。自分はまだ何者でもない。何者になる覚悟もできていない。妙子はただ、自分にとって居やすい場所を、必死に求めて来ただけだ。その場所にしばし身を隠し、次の隠れ家を探している。今までも、これからも、そんな生き方をするつもりだったのに。

連れて行かれたレストランは、申し分なかった。高価に気取ったふうもない。無駄にきらびやかなこともない。落ち着いて居心地がよく、のびのびと食事ができて、会話も弾んだ。まるでジョージの家に招かれて、気の置けない一時を過ごしているような気分だった。照明は暗いがテーブルには充分な明るさがあって、客席と客席は贅沢《ぜいたく》に離れ、窓の奥には明かりのマジックで森が見え、音楽は控えめで、料理の味も抜きんでていた。呼びもしないシェフがテーブルへ挨拶《あいさつ》にくることもなく、ウェイターも素振りをするまで近づいてこない。そのくせ、魔法のように求めるサービスを提供してくれた。

「日本に来たばかりなのに、どうしてこんなお店を知っているの？」

牛フィレ肉のグリエを大きめの一口サイズに切りながら、妙子は訊《き》いた。チョイスした赤ワインが赤身の肉と合いすぎて、早速おかわりしたくなる。人差し指でソムリエを呼びながら、ジョージはナフキンで口を拭《ぬぐ》った。

「母が気に入る店は少ないからね。必死に調べたんだよ」

ジョージは言って、注がれたワインをクルクル回す。震えるような指先が華奢《きゃしゃ》なグラスによく似合い、まるで芸術品のようだと思う。グラスの中でワインを回し、香りを立てることなど、妙子は全く知らなかった。アルコールは好きだが、ワインに手を出したことはない。チューハイか生ビールを大ジョッキであおるのがせいぜいだったし、好きでもあった。それでも、フライドポテトや枝豆ならいざ知らず、高級赤身肉にはビールより赤ワインのほうが合うというのは理解できた。もう二度と、こんな高級な店には来られないとしても。

「このお店はどうなの？　気に入ってもらえそうね」

「どうかな」

ジョージはワインを飲み干して、もう一杯おかわりを頼んだ。

「タエコは美味《おい》しそうに飲むし、食べるよね。見ているぼくも幸せになる」

「だって本当に美味しいわ。知っていると思うけど、大学院生の身分でこんなお店には入れない。居酒屋だって、あの値段だからいけるのよ。国立でなかったら、私は大学も出られなかったわ」

「タエコは強い女性だね」

水色の目を瞬《しばたた》き、ジョージはグラスをテーブルに置いた。肉を口に入れ、唇についたソースをナフキンで拭う。どういう意味で強いというのか、妙子は真意がわからなかった。ジョージはステーキに添えられたブロッコリーをフォークでつぶし、せっせとソースに混ぜ込んでいる。カブのポワレは一口で食べたので、妙子は笑った。

「ブロッコリーが嫌いなのね？」

「なぜわかったの」

ジョージは不思議そうな顔をした。

「見ていればわかるわよ。ムリして食べなくたっていいのに」

「練習さ。母の前では残せないから」

ナフキンでしきりに口を拭うのも、もしかして母親に対する緊張だろうか。学食でも、研究室でも、ジョージは普通に食事をし、普通に残していたではないか。

まった。ジョージのナイフが一瞬止まったからだった。

訊いて妙子は、やっぱりと思った。

「お母様はどんな人なの？」

「美しい人だよ」

それは妙子が期待した答えと微妙に違うものだった。妙子は母親の人となりを訊いたのに、ジョージは外見だけを答えた。母親については、何も訊いてくれるなというように。

彼の皿から目を逸《そ》らし、妙子は自分のワインを飲んだ。

「サー・ジョージ、あなた独りっ子なの？」

「いや。兄が一人、妹が一人、三人兄妹《きょうだい》の、ぼくが真ん中」

「そう」

相槌《あいづち》を打つが早いか、

「でも、死んじゃったけどね。二人とも」

と、ジョージは言った。

「兄は七歳の時、牡鹿《おじか》に突き殺されて。妹は生まれてすぐに、何かの病気で」

住んでいた家の近くに森があり、秋は森への立ち入りを禁じられたと、以前ジョージは話してくれた。秋は鹿の発情シーズンで、牡鹿が人を襲うことがあるのだと。

「そうだったの。ごめんなさい。森の出入りを禁じられたのは、お兄さんの事故が原因なのね」

「別にかまわないよ。随分昔の話だし、ぼくしか跡取りがいないのは、仕方のないことだしね」

ジョージは明るく言って、ブロッコリーを飲みこんだ。バゲットできれいに皿を撫《な》で、それを口に入れて、また、ナフキンで拭う。妙子もそれを真似て、ナフキンで唇を押さえた。

「美味しかったわ。お腹がいっぱい。でも、デザートは別腹よ」

「別腹ってなんだい？　法医学者には胃がふたつあるとでも？」

「法医学者でなくっても、胃はふたつあるものよ。スイーツ好きの女性は特に」

ジョージは破顔して、グラスを重ねた。

「タエコとの食事は楽しいな。言い損ねたけどそのドレス、きみにものすごく似合ってる」

「ありがとう。でも、言い損ねじゃなくさっきも聞いたわ」

微笑んでから、妙子は素直にそう言えたことに驚いた。驚きはしたが、厭《いや》な気持ちはしなかった。微かに回ったワインの酔いも、食事も、空間も、音楽も、何もかもが心地よかった。目の前にいるのが共に法医学を目指す研究者で、とびきりの美男子であることも。ふたつ向こうの席に座ったボディコンの女性がこちらを見ている。視線の先にいるのはジョージで、品のいい身なりと優しげな微笑みに見とれている。きらびやかに身を飾り、アッシー（送迎用男子）、メッシー（食事を奢《おご》らせる男子）、ミツグにキープと、恋愛体質を吹聴《ふいちょう》する女性たちを軽蔑《けいべつ》したことはなかったが、彼女たちと自分は違う世界に生きているのだと思ってはいた。でもそれは、ほんのわずか手を伸ばしさえすれば、自分にも同じ扉が開くことを知らずにいただけのことかもしれない。

「お母様は、いつ、こちらへ？」

「間もなくかな」

「いつまで滞在を？」

「さあ」

と、ジョージは曖昧《あいまい》に答え、優雅に人差し指を上げてデザートを促した。

大学がジョージに与えたコンドミニアムは、二つの部屋と必要最低限の設備しかない簡素なものだ。母親が滞在するには狭くないかと考えていると、

「大丈夫。母はホテルをとって来るから」

妙子の考えを見抜いたように、ジョージはそう付け足した。

「正直に言うとね、母はとても気難しいんだ。自分が気に入るホテルを、自分で選んで予約するはず。それでもなかなか満足することはないけどね」

「大学は？　見に来るかしら」

「どうかな」

ディナーの皿が下げられると、広々としたテーブルに腕を載せ、ジョージは妙子の手を握った。

「本当を言うと、母をダシにしてタエコをディナーに誘いたかっただけなんだ。きみは強くて美しい。それに、しなやかで誠実だ。日本女性は魅力的だと聞いていたけど、本当だった」

「酔っているのね」

ジョージの手に手を重ね、妙子はそっと両手を引いた。

「かもしれない。とてもいいワインだったね」

オレンジの間接照明が瞳《ひとみ》に光る。ジョージは妙子のドレスのドレープに目をやって、紳士的に微笑んだ。

デザートは、オレンジ風味のチョコレートムースを詰めたシュー・ア・ラ・クレームだった。苦みの強いコーヒーとの相性が抜群で、甘さの余韻が胸に残る。食事を終えて外に出ると、摩天楼の遥《はる》か遠くで小さく星が光っていた。

「送っていこう」

ジョージはそう言ってくれたが、妙子は生活感に溢《あふ》れた古いアパートを知られることが躊躇《ためら》われた。東京へ来てからずっと生活してきた場所だし、恥じることなどなにもないとわかっているのに、身の丈にそぐわないドレスを着せられ、異世界のような店で食事をし、誰もが振り向くジョージといると、足下に梯子《はしご》を掛けられたような気分になった。突然それを外されて、地面に叩《たた》き付けられるのが怖いのだ。

「結構よ。タクシーを拾うわ」

通りを流すタクシーに手を上げる。

礼を言うため振り向いたとき、突然、ジョージに抱き寄せられた。胸を押し返そうとした手を摑《つか》まれて、キスされる。オレンジムースの味がした。

驚いて妙子は体を引こうとしたが、ジョージは彼女を離さなかった。プラチナブロンドの髪が一房、乱れて額にかかっている。その下にあるのは水色の目で、迷子が母親を求めるような色をしていた。腰に掛けた手に力を込めて、ジョージは妙子を抱き寄せた。もう突然ではない。妙子は薄く目を閉じて、ジョージの唇を受け入れた。

確かめるように優しく、まさぐるように、強引に、そして情熱的に繰り返すキスは、妙子から様々なものを剝《は》ぎ取っていく。

助けてタエコ。ぼくを助けて……

なぜなのか、妙子はジョージにそう言われているような気持ちがした。バックパック一つでどこへでも出かけ、法医昆虫学を極める青年学者。如才なく、朗らかで、才気溢れるジョージという男を、幼子のように感じた瞬間だった。

止まったタクシーが走り去り、腰にあったジョージの手が、いつの間にか髪をまさぐり、つかまれた腕から手が離れ、二人の指が絡み合ってから、ようやくジョージは唇を離した。

「タエコ、とても、愛している」

その瞬間、妙子は自分たちが路上にいたことを思い出した。なのにジョージから目を離すことも、逃げ出すこともできなかった。こういうとき、女は泣いたりするのだろうか。それとも怒るべきなのだろうか。愛撫《あいぶ》するような唇を不快と感じることはなかったし、ドレス越しに感じた体温や、ヘアトニックの香りも素晴らしかった。何よりも、彼が心を許してくれたと感じたことがうれしかった。

混乱して妙子は半歩ひき、何か言わなきゃと思ったが、言葉が出ないことに驚いた。

言葉を忘れた。こんな時に。

「なんてこと……」

それなのに、思ったことが口をついて出た。日本語だったのが幸い、小首を傾げるジョージから視線を逸《そ》らし、妙子は車道に下りてタクシーを止めた。

「ありがとう。楽しかったわ」

言い訳のようにジョージに告げて、

「出してください」

と、運転手を急《せ》かす。

「出してください、とにかく出して」

ドアが閉まり、車が動き、街角に取り残されるジョージに向けて、妙子はただ視線を送った。今頃になって心臓が躍る。それ以上どうすればいいかわからない。自分の気持ちをどう解釈すればいいかもわからない。立ちすくむジョージの姿が視界から消えそうになったとき、妙子は初めて、これは恋なのだろうかと自分に問うた。

第五章　少女セメタリー

翌日。妙子は、今日が土曜でよかったと心から思った。研究論文を仕上げるため大学へ来てみると、虫カゴのある国際共同研究棟は、午後から休みになっていたからだ。

あれからジョージはどうしたろう。ネオンの中に小さくなっていく彼の姿を思い出すと、申し訳ない気持ちと同時に愛《いと》しさのようなものが湧いてくる。路上で交わしたキスを思い出し、妙子はブルブル頭を振った。胸の奥に、温かなものだけが残っていた。

いい歳をして、キス一つで取り乱したわけじゃない。かといって、自分の気持ちを掘り下げてみる気も起こらない。ガラスの靴を履いたシンデレラさながら、魔法の解ける瞬間を待っていたのに、その瞬間に告白されて戸惑ったのだ。それだけだ。まったく私らしくもない。

いつの間に梅雨入りしたのか、空はどんより鈍色《にびいろ》に曇って、風に水の匂いがしている。お気に入りの室外機の脇はコンクリートの階段が湿っぽく、腰を下ろすことができなかったので、医学館の喫茶室で一服してから、妙子は階段で十二階へ上がった。細長い廊下を歩いて死因究明室の前に立ち、鍵穴《かぎあな》に鍵を差し込んでいると、中で電話が鳴り出した。急いでドアを開けてデスクへ走る。

呼び出し音十三回目で受話器を取った。

「はい。医研法医学部の両角研究室です」

休講日に何だろうと思いながら電話に出ると、相手は、

「こちら西荒井署の厚田という者ですが」と、言って来た。

「石上先生をお願いできますか」

そうだった。昨日厚田にファックスを送り、確認して欲しいと伝えたのだ。妙子は椅子に腰掛けて、電話を自分に引き寄せた。

「石上です」

「よかった。そうじゃないかと思ったんですがね」

厚田は笑う。

「昨夜は地取りに出ていたもので。ファックスを送っていただき、ありがとうございました」

「確認していただけましたか」

「ええ。驚きましたよ。あんなダンゴムシみたいなものからＤＮＡが出るんですね」

「そのごとで電話を頂きたいと言ったんです。あの虫はＡ型の峯村恵子さんにくっついていましたが、虫から出たのはＢ型女性の遺伝子でした」

「見ました。それはまたどういうことなんでしょう」

誰もいない研究室の、空しか見えない窓に雨粒が当たる。

遠目にそれを眺めつつ、妙子は言った。

「たぶんですが、峯村恵子さんの遺体の近くにＢ型女性の遺体が埋められているのじゃないでしょうか。法医昆虫学者の所見では、峯村恵子さんの遺体にシデムシがつくのは、時間的に見て早すぎるってことなんです」

電話の向こうで、厚田は、「む」と、息を飲む。ややあって、彼は言った。

「どれくらい早いと思うんで？」

ポツ。ポツ。と、雨粒がガラスにひらいていく。次第に大粒になってゆき、埃《ほこり》が筋になって流れはじめた。

「遺体が土中にあったかどうかでも違ってきますが、一週間から数日程度古い遺体が近くにあったのじゃないかと思うんです。あの虫は、その遺体から移動してきたものじゃないかと」

厚田はしばし沈黙した。肩と首の間に受話器を挟み、手帳をめくっている姿が見えるようだ。

「先生……B型ということですと、平出直美がB型で、ちょうど峯村恵子が失踪《しっそう》する十日前に行方不明になっています」

「峯村恵子の友人だった平出直美？　タカハシ額店につとめていた？」

「ええ。同人誌仲間の」

遠く稲妻が天を裂く。続いてバリバリバリッ！　と、雷鳴が響いた。暗さが増して、雨が激しく降ってきた。なぜなのか、三四郎池の狸が気に掛かる。

「峯村恵子の遺体に付着していたのは軽井沢の土だったわね？　松本薫子も戸田雅子も軽井沢で見つかった。そういえば、この二人の遺体も、すぐ近くにあったんじゃ」

「そうです。半径数メートルという場所でした」

「峯村恵子も近くに埋められていた？」

「戸田雅子の遺体が見つかったとき、周囲は捜索したはずなんですがね。ほかに遺体を埋めたような痕跡《こんせき》は」

「なかったんですか？」

「もっとも、遺留品を捜しただけで、他にも遺体が埋められているなんて思ってたわけじゃないからなあ……下草を刈り取って、地面の下は、よけいにわかりにくかったかな」

待てよ。と、厚田は小さく言って、

「先生。これから、ちょっとばかりお時間を頂くわけにはいきませんか」

と、聞いてきた。

「これから？　どうして？」

「一緒に現場へ行ってもらえませんかね？　先生の目で現場を見たら、何か見えるかもしれないじゃないですか」

「何で私が」

「実は近くまで来てるんですよ。三十分程度でそっちへ着きます」

妙子が何か言う前に電話が切れて、ツー、ツー、と、音がした。

「バッカじゃないの、どうしてよ」

受話器に悪態を吐いて、電話を切った。かけ直そうとしたものの、公衆電話から掛けてきたのかもしれないと思って、やめた。

妙子はデスクに論文の資料を並べたが、昨夜のジョージとのこともあり、気持ちが乱れて集中できない。立ち上がって、窓辺へ行って、雨に煙る三四郎池のほうを見下ろしてみる。

森は学舎に隠れて見えないが、狸の死骸《しがい》が雨に打たれて、徐々に分解されていくさまを想像した。土から生まれて土に還《かえ》る。人も、動物も、土も、組成はそれほど変わらないのだ。屍体《したい》は炭化してダイヤモンドになり得るし、骨からサファイアが出来たりもする。

「でも……土は土を殺したりしないし、ダイヤモンドは恋をしない……」

妙子は両手でパチンと頬を叩《たた》いた。

「うあーっ、もうっ」

つかつかとデスクに戻って、机に広げた資料を閉じると、それを片隅に積み上げて、脱いだばかりの上着を羽織り、妙子は、施錠して死因究明室を出て行った。

傘をさした厚田が小走りで医学館へ辿《たど》り着いたとき、玄関前で煙草を吹かしながら、妙子が腕組みして待っていた。レインコートのベルトをきゅっと締め、広がる裾《すそ》から伸びた足がハイヒールのポスターのようだ。マズいなあ、車のトランクに積みっぱなしの長靴を、先生は履いてくれるだろうかと厚田は思った。

「お、そ、い」

煙草の灰を床に落として、妙子は言った。吸いかけのマイルドセブンを靴で踏み、指先でつまんでティッシュに包む。妙子はそれを、レインコートのポケットに入れた。

「いや、すみません。向こうは晴れていたんですがね、どうも、局地的に降ってるみたいで」

先生、傘は？　と、厚田が訊《き》くので、妙子は自分の傘を厚田に見せた。ヒールに水が跳ねるのもかまわずに、妙子は厚田と駐車場へ向かう。止めてあったのは年季の入ったＡＤバンで、ドアに、『谷町《たにまち》建設』と社名を入れたマグネットシートが貼ってある。

「生憎《あいにく》この車しか空いてませんで。どうぞ、乗って下さい」

厚田は助手席のドアを開けて促した。運転席と助手席はそれなりだが、後部座席にはトレンチコートとダンボール箱、ガムテープやシャベル、鉄の棒、ヘルメットが載せられている。

「どこの車？」

助手席に滑り込みながら妙子が訊くと、

「署の車ですよ」

と、厚田は答えた。

見たところ普通のＡＤバンだが、運転席と助手席の間に無線装置がついているのが警察車両風でもある。取り外し可能の赤色灯が、どこかに置いてあるのだろう。

「現場用の車なんですが、今日は先生を乗せるんで、建築会社のマグネットを貼ってきました。実は照内の親父《おや》っさん、ぎっくり腰になっちまいましてね」

このところ、いつも腰が痛いと言っていたのが、所轄に戻ってトイレで手を洗っているときに、急に腰にきたのだという。

「大声がするんで行ってみたら、親父っさん、流しの縁を摑《つか》んだまま、へっぴり腰で動けなくなっていたんですよ。二、三日は安静だそうで」

畳んだ傘から雨水が滴っていたが、床に安っぽいゴムマットが敷かれていたので、妙子はかまわず、濡《ぬ》れた傘を足下に置いた。厚田も自分の傘を後部座席に放り込み、エンジンを掛ける。

「向こうは晴れているといいんですがね。晴れないまでも、雨でなければ」

「どうして私を呼び出すの？　私はまだ法医学者の卵だし、何を期待しているのかわからないけど、遺体の遺棄現場を見たからって、捜査も推理もできないわよ？」

「いいんです。そんなことを期待しちゃいませんよ」

「じゃあ、なんなのよ」

交差点で急発進したので、妙子は思わずドアコンソールにつかまった。

「印象をね、訊きたいんです」

前を向いたまま厚田が言う。

「とにかく現場を見てみようと思うのは、戸田雅子殺害事件の捜査本部が置かれているのは長野県警の軽井沢署だからで、松本薫子の死因は未《いま》だに自死から動いていません。まあ、すでに処理されたというのもあるんですが、それについては、今のところどうすることもできないんで」

関越《かんえつ》自動車道が開通して便利になりましたね。と、厚田は言って、練馬《ねりま》を目指す。

妙子は時計を確認した。軽井沢までは片道二時間半というところだろうか。東京へ戻れば夕方だろう。いっそ今夜は研究室に泊まり込み、レポートを仕上げてもいいかもしれない。

「あなたは現場を見たんでしょ？」

「それが、見ていないんで」

厚田は申し訳なさそうに首を竦《すく》めた。

「捜査には分担がありまして、現場は写真でしか確認ができていないんで。それに、こう言っちゃなんですが、今はそれぞれ、戸田雅子と峯村恵子の事件で手一杯で」

昨日ファックスを送ったとき、厚田が署にいなかったのもそのせいか。なんとはなしに厚田の足下に目をやったが、無線機のボックスが邪魔をして靴が見えない。刑事は靴底をすり減らして捜査すると聞く。死体検案書に疑問を抱いて大学へ来た若い刑事の頭には、被害に遭った少女らが、片時も離れずにへばりついているのだろう。

「刑事になったばかりと言ってたわよね。警察官になって何年目なの？」

「三年目です」

ほんの少しだけ窓を開け、妙子は外気を吸い込んだ。

「のっけから、えらい事件に遭遇しちゃったのね」

「ええ、まったく」

そう言って厚田は溜息《ためいき》を吐く。

「なんだってあんなマネをしやがるのか。いや、犯人のことですよ。刑事がこんなこと言っちゃいけないのかもですが、ケンカして相手を殺《あや》めちまったとか、痴情のもつれとか、金に困って泥棒に入ったら偶然見つかって揉《も》み合いになって……そういうことならまだわかる、人間ですからね。でも、今度の犯人は許せねえ。何が許せないって、あのふざけたメモですよ」

「そうね」

妙子もそれには同意した。

「被害者に対する尊厳が、これっぽっちも感じられねえ。どんなに感情を抑えようと思っても、俺はやっぱり頭に来ます」

「司法解剖室には様々な遺体がくるけれど、私も、ああいうのは初めてだったわ。まあ、初めてだったから気になったんだけど」

「照内の親父っさんから聞いたんですけど、とても人間がやったと思えないような、凄惨《せいさん》で厭《いや》な事件ってのは、昔っから起きていたみたいで。それは日本だけじゃなく、世界中のどこででも。でも、それもやっぱり人間が起こしたことにはちげえねえって言ってましたが……」

「ねえ？」

妙子は運転席の厚田の方へ体を向けた。

「リストにあった他の子たちはどうなってるの？　追跡調査をしているんでしょ」

「してますよ。書かれていたうちの二人、湯本恵美と青島美穂に関しては、無事が確認できました」

「そうなのね。よかった」

「まったくです」

厚田は一瞬笑顔を見せた。

「やはり、親でなく友人から辿《たど》っていったんですがね、二人とも男と同棲《どうせい》してました。事件がニュースになってから、親たちはまんじりともしなかったはずなんですが、いい気なもんで」

「若さよねえ」

妙子はそう言ってはみたが、気になっていたのはリストの中でもう一人、周囲で『芸術家』らしき男の目撃情報があった少女のことだ。

「誰か、他にもう一人いたわよね？ 行方不明になっている子で、ベレー帽の男の目撃情報があった子が」

「小林陽子ですね。翠心女子高校一年生の」

ルームミラーをチラリと見上げて厚田が言う。後続車を確認してから、彼は追い越し車線に出た。

「真面目ないい娘《こ》らしいんですが、残念ながら消息は途絶えたままです。行方不明になった少女はほとんど良家のお嬢さんで。それに該当しないのが、岡崎真由美というウェイトレスと、額店勤務の平出直美くらいですかねえ」

「二人はどこが違うというの？」

「どちらも中学卒業後にすぐ就職しています。平出直美は夜間高校に通いながら額店で働いて、絵の勉強をしていたようで、挿絵画家になるのが夢でした。母親が死んでいて、下に弟がいるんですが、弟は高校に行かせてやりたいと思っていたようです。世間は好景気で浮かれていますが、誰彼くまなく恩恵を受けているわけじゃありませんや」

「本当ね」

「岡崎真由美の方は天涯孤独で、施設で育っていたようです。十八になると施設を出なきゃならないので、レストランに職を得て、実務経験二年後に調理師免許を取得するつもりだったようです」

「そうだったの」

自分に照らして、妙子は言った。

「頑張っていたのにね……」

そんな彼女らに手を出して、未来まで奪った犯人は呪われろ。妙子は唇を嚙《か》みしめる。

「ちなみに、少女たちが男と知り合った経緯が少しわかってきています」

「どんなの？」

妙子は身を乗り出した。二台を追い越して走行車線に戻り、厚田が答える。

雨が上がって、前方遠くに青空が見えた。

「少女たちの行動範囲を調べてみたんですがね。松本薫子、平出直美、戸田雅子、あとは、やっぱり消息不明の呉優子って家事手伝いの少女もですが、みな東北本線を利用してました。赤羽《あかばね》駅の近くにアマンって喫茶店があるんですが、松本薫子と平出直美に関しては、この店でベレー帽の男と会っていたのを、そこの店員が覚えていました」

「じゃ、店員が犯人を見てるってことじゃない」

「はあ。ところが似顔絵を作ろうとしてもうまくいかない。原因はベレー帽ですよ。印象にあるのはベレー帽と、男が着ていた赤いベスト。あとはスケッチブックを持っていたことと、少女たちの様子。男の身長が一七八センチ程度であったこと。どちらかというと痩《や》せ形で、声が小さかったことくらいしか、店員は覚えていないんで」

「一七八センチって、随分詳細なデータね」

「アマンの入口ドアにベルがついていましてね、男の帽子すれすれに、ベルがあったということで」

「顔は全く。身のこなしや動きから、二十代後半くらいのイメージだったということですが」

「そう……残念ね」

妙子は乗り出した体を助手席に預けた。

「それでも、二人が旧知の仲という感じでなかったことはわかっています。ヤツは駅前を車で流して、めぼしい相手を物色していたようなんで。夕方五時過ぎに白いカローラが駅前道路を徐行していくのを何人かが覚えていました」

「独りでいる少女を物色していたということかしら」

「おそらくそうでしょう。松本薫子に関してはアマンが待ち合わせ場所になっていたようで、失踪《しっそう》前に人待ち顔で店にいたのも店員が覚えています。彼女は往来が見える席に座っていたってことですから、ヤツの車が通るのを待っていたのかもしれません」

「結婚するつもりだったんだものね。結婚して、フランスへ行くつもりだった」

「まだ十代ですからね、ムリもありませんよ。狭っこい、自分が知るだけの世界観で物事を判断する年です。彼女たちの周りには嘘を吐く大人なんていなかったんじゃないのかな」

どう見てもまだ二十代前半の若い厚田がしみじみ言うのが滑稽《こっけい》だったが、それを笑う気にはならなかった。やがて車は高速に乗り、都心からぐんぐん離れていった。

「それなら車はどうなの？　白いカローラを追っていけば」

「もちろん、やってます。当該車両は1500SEサルーンリミテッド。白の特別仕様車で、販売台数はそれほど多くありません。販売店にリストを出させて、しらみつぶしに当たっていますから、じきに何かつかめるでしょう」

それから厚田は、松本薫子の次に発見された戸田雅子は長野県警の監察医が検死したのだが、絞殺に使われたのはストッキングであったらしいと話した。

妙子は数日前に司法解剖した峯村恵子を思い起こした。索条痕《さくじょうこん》の形状などから、彼女もまた、伸縮性のある素材、まさにストッキング様のもので絞殺されていたからだ。厚田が言うには、戸田雅子は自分のストッキングを履いていたという。

峯村恵子もそうだった。全裸にする前、彼女はストッキングを履いていた。もちろん下着も着けていた。

「不思議なんですが、凶器に使われたストッキングは、どこからも見つかっていないんで」

「犯人が持っているということかしら」

そう呟《つぶや》いてから、ゾッとした。どこまでも気持ちの悪い犯人だ。一体、何を考えているのか。

「松本薫子もやっぱり、ストッキングで？」

言いかけて妙子は、「ああ」と、両手を挙げた。

「ムリよね。あの状態だったもの」

バラバラの骨と、乾涸《ひか》らびた皮だけになってしまった少女を思い出す。

「着ていた衣服も動物に引き裂かれていたものね」

「自殺だと思っていましたからね。散らばった遺体は集めたようですが、ストッキングはわかりませんでした。もっとも、胴体は服を着た状態だったということで、まあ、それもあって自殺という判断がされたんですから」

「新聞に生前の写真があって、あれを見たとき、初めて、彼女が生きていたんだと実感したわ。かわいそうに」

厚田はしばし逡巡《しゅんじゅん》してから、

「先生は、どうして法医学者を目指してるんです？」

と、静かに訊《き》いた。

「いえね、けっこう珍しいのかなと思いまして」

妙子は助手席で座り直して、窓の外へ頭を向けた。

「この車、煙草を吸ってもいいのかしら？」

「かまいませんよ」

そう言って厚田が灰皿を引き出すと、ハイライトとセブンスターのフィルターが詰まっていた。妙子は煙草に火をつけて、ウインドウを少し開けたが、風が強くてすぐに閉めた。

「俺も吸う人間なんで、そのままで」

一口目を味わってから、妙子は俯《うつむ》いて煙を吐いた。昨夜キスをしたときに、ジョージはニコチンの味がすると思ったろうか。想いを振り切って顔を上げる。

「女が司法解剖医なんかしていたら、大抵の男は疑問よね。男でも解剖中にぶっ倒れる子がいるくらいだから。医学部にね、田中克治《たなかかつじ》ってメチャクチャ切れる学生がいるのよ。でも、彼は解剖が全くダメで……たぶん、医者にはなれないと思う」

声に意地悪な調子が交じったが、そのまま続けた。

「法医学者でなくたって、医者になるなら解剖は必須《ひっす》科目よ。法医学者は医師免許がいるんだし、医学部へ入れば解剖はするわ。十以上のベッドに献体を並べて」

「や。そんなつもりで訊いたんじゃ」

厚田がしどろもどろになったので、妙子は少し溜飲《りゅういん》が下がった。二センチだけ吸った煙草を揉《も》み消して、灰皿を閉める。

「私は人見知りな性格で、生きてる人間は得意じゃないの。ドクターは生きた患者を扱うでしょう？　どこが痛いか、どんな変調をきたしているのか、それを探るためには、患者とコミュニケーションが欠かせない。私はダメなの。苦手なのよ、そういうの」

「なるほどねえ」

厚田はそこで言葉を切った。顔つきはまだ何か言いたげだったが、それきり何も言わずに車を走らせた。いつしかビルの影は消え、緑濃い風景に切り替わっている。

少女たちもこの風景を見たのだろうか。白いカローラに乗せられて、笑顔で心躍らせて、その後の悲運を知ることもなく。

運命を切り拓《ひら》くためには勉学に励むしかなかった自分の十代を思い出し、妙子は複雑な気分になった。

高速道路を下りると、厚田の車は国道を走り、軽井沢の奥へ入っていった。洒落《しゃれ》た豪邸が林の中に点在する別荘地という風情だが、周囲の森は濃く、視界は利かない。むしろ、こんな森の中までよく道路を通したなと思うような場所だ。敷地境界線は木々の壁で造られて、地面がきれいに苔生《こけむ》している。木漏れ日が模様を描く様が美しく、和洋折衷の建物も、眺めるだけで心が躍る。

「ええーっと、長倉《ながくら》霊園を左……あ、こっちだ」

厚田はダッシュボードに置いた地図を見ながら、ブツブツと独り言をいった。

「すいません。なにせ、初めての道なんで」

「かまわないわ。とてもきれいな場所だから、見ているだけで色々なことを考えてしまう。少女たちがどんな気持ちでこの景色を見ていたのかとか……」

そのあと彼女たちに起こったことを考えると、妙子も厚田も寡黙になった。

別荘地は敷地が広く、建物が奥まっているため、目撃者がいたとしても車の影程度しか見えなかったことだろう。六月の軽井沢は新緑の美しい季節だが、訪れる者はまだ多くない。中心街ならいざ知らず、これだけ長く走っていても別荘地に人影はない。

この辺りの住人は車を使うからだと厚田は言う。自転車で散策するのは観光客が多く、観光客はこんな奥まで入って来ない。やがて道は突然終わり、厚田はそこで車を駐《と》めた。道の左右にあるのは林で、前方には草藪《くさやぶ》が広がり、草藪の奥はまた森で、森の向こうに噴煙を上げる浅間《あさま》山が見える。

「よかった。どうやらここですね」

厚田は車のエンジンを切ると、ドアを開けて外に出て、覗《のぞ》き込むようにして妙子に聞いた。

「すいません。ちょっと一服させてください」

「どうぞ。ずっと運転していたんだし、私も一本つけるから」

ドアを開けると、清冽《せいれつ》な空気が流れ込んできた。森が吐き出す植物の匂いのせいで、風までが透き通るような感じがする。厚田は煙草が恋しかったようだが、妙子は一服するのをやめて、大きく息を吸い込んだ。

「空気が美味《おい》しいって言葉には聞くけど、本当なのね。風が甘いわ」

鼻から煙を吐き出しながら、

「そうですか?」

と、厚田は言い、手で煙を払って呼吸した。鼻の穴を膨らませているが、煙草の匂いでたぶん何もわかるまい。それでも厚田は、

「そんな気がしますねえ」と、妙子に言った。

前方の草藪に、下草を刈り取った跡がある。そこに新しい草が生え、踝《くるぶし》あたりまで茂っていた。藪の広さは運動場ぐらい。道を通す予定地だという。

「戸田雅子の遺体が発見されたのは、奥に見える森を入った辺りだそうですよ。コゴミって山菜が採れるそうで、地元の人が入ったんですね。そういう場所は家族にも明かさないそうで。第一発見者の話によると、そこから先は、山菜やキノコの宝庫なんだそうですが」

「今年は山菜の代わりに遺体を発見しちゃったのね」

「そういうことになりますか」

厚田は煙草を揉み消して、後部座席のドアを開けた。

「一応長靴を持って来ましたが、履き替えますか？」

「この草の中に入れっていうのね」

妙子は厚田をジロリと見ると、

「貸してもらうわ。マムシが居そうだから」

と、首を竦《すく》めた。

「え……マムシですか」

厚田は顔色をなくして草むらを見た。妙子が知る限り、なぜか女より男の方が蛇を怖がる。

「蛇……いますかね？　ううむ。いそうだな、たしかに」

後部座席からダンボール箱を引き出すと、厚田は自分も長靴を履いた。やっぱり蛇が怖いらしく、ズボンの裾《すそ》を長靴にたくし込んでいる。妙子もヒールを履き替えて、

「大丈夫よ。たとえ噛《か》まれても長靴なら」

と、厚田に告げた。絶対に蛇とは遭遇したくないと思ったのか、厚田はハッチバックも開くと、金属の棒を引っ張り出した。

「これで草を払いながら行きましょう。いきなりガブリじゃ、危ないですから」

凶悪犯を捕まえる立場の刑事が蛇を怖がるなんて滑稽《こっけい》だ。ビビった様子の厚田を見ると、妙子は、彼にオモチャの蛇を投げてみたいと思った。

青々と茂る草藪を、長い棒でかき回すようにして厚田は進む。その後ろをついていきながら、妙子は周囲を見回した。

「助けを呼んでも、誰も来そうにない場所ね。逆に言えば、秘め事にぴったりの場所でもある。交際しているつもりなら、疑うことなくついてきたかもしれないわ」

「浅間山を見る絶景ポイントとかなんとか、言ったのかもしれないですね」

厚田は足を止めて、白煙を吐く浅間山を見上げた。

灰紅色のなだらかな稜線《りょうせん》、山肌に幾筋もの線が模様のように浮かぶ美しい山だ。活火山は珍しいから、少女たちは喜んでついてきたことだろう。

草藪を進んで森の手前まで来ると、規制線の張られた痕跡《こんせき》があった。数メートルほど入った木の下に、まだ生々しい供花が置かれている。おそらく戸田雅子が遺棄されていた場所だ。厚田と妙子はその場にしゃがみ、供花に向かって両手を合わせた。

立ち上がって、厚田が言う。

「戸田雅子の遺体はここで、ざっと土をかけた状態で見つかりました。穴が浅かったので、肘《ひじ》の先がはみ出ていたようで、アナグマだかイタチだかが遺体を貪《むさぼ》って、腕を引っ張り出したので発見できたみたいです」

「野犬じゃなかったのね」

「いや、わかりませんが」

「松本薫子の遺体はどうなの？　彼女はどこで見つかったの？」

厚田は今来た草藪の奥を指した。二人が立っている場所から十メートル程度離れた辺りだ。

「最初に見つかったのは腕で、車を駐めた林道から一メートル程の場所だったと聞いています。首が見つかったのは、もう少しこちら側。胴体があったのは」

厚田は振り返って、供花からほんのわずか離れた奥を指した。

「そこに枝の折れた木がありますね。胴体がその下にあったので、あの木で首を吊《つ》ったと思ったようです」

妙子はその木を見上げたが、人間の重みで枝が折れたというよりも、風などで裂けたようにも見える。要するに、松本薫子の死因については、初めに定型縊死《いし》という判断があったのではないだろうか。軽井沢は湿気が多いのか、地面は苔で覆われているが、剝《む》きだした土の部分は黒い。荒川の河川敷まで運ばれた峯村恵子の遺体に付着していた土と同じ黒さだ。

「やっぱり、峯村恵子もこの近くに埋められていたのかもしれないわね」

そうであるなら、B型女性の遺体もまだ、ここに残されているのかもしれない。

「先生、少し歩いてみましょうか」

もとより妙子もそのつもりだ。厚田は長い棒を杖《つえ》代わりに森の奥へ進んでいく。妙子は後を追いながら、明るい森に目を凝らした。見上げれば、折り重なる広葉樹が、大小の葉を散らした万華鏡のようだ。枝葉を透けた日光が、キラキラと太陽の欠片《かけら》みたいに輝いている。

永遠に眠るなら、こんな場所がいいかもしれない。

そう思うほど美しい森だが、少女たちがそれを望んだわけじゃない。

三四郎池の狸や、ジョージが森で見たという牡鹿《おじか》のビジョンが脳裏に浮かんだ。被害者の口にふざけた詩を残す犯人は、不遜《ふそん》にも自己の世界観だけに埋没して、少女をこの森に誘ったのだろうか。

歩きながら、妙子は地面を掘った痕跡を探す。振り返ったとき、戸田雅子の遺棄現場に供えられた花が真っ白く光っているのに気が付いた。所々に光の筋が注いでいるが、供花の近くは大枝が折れているために、日だまりがスポットライトのように地面を照らしているのだった。その瞬間、妙子の胸に閃《ひらめ》きが満ちた。彼女はハッとして体を捻《ねじ》り、森をぐるりと見渡した。

「そう……か」

「は？　なにか言いましたか？」

立ち止まって、厚田が振り返る。

妙子は一点を指さした。様々な緑が折り重なり、薄明かりに黒く、幹がコントラストを描く先。その場所にも、丸く光が落ちている。古い木が朽ちて倒れて、天井に穴が空いているからだ。木漏れ日がスポットライトのように当たる空間に厚田の注意を促して、妙子は言った。

「あそこよ！　あそこまで行ってみましょう」

先頭になってぐんぐん進む。こういうときに長靴は便利だ。手にした棒をもてあまし、ブツブツ言いながら厚田が続く。蛇が怖い厚田のことなど、妙子は全く頓着《とんちゃく》しない。

「先生、何がどうしたんです？　え？」

妙子は無言で先をゆき、倒木に道を塞《ふさ》がれた。こんな山奥へ来る予定ではなかったから、穿《は》いているのはスカートだ。両腕で幹を押してみて、丈夫なのを確認すると、彼女は倒木に尻《しり》を載せ、両足を上げて乗り越えた。こういうとき、安物の服は気兼ねがいらない。

「え、わ、先生、やりますねえ」

後ろで厚田がそう言った。かまわず地面に飛び降りたとき、妙子は、足下で光る何かに気が付いた。拾い上げると、それはピン先の折れた校章バッジのようだった。

「なんですか？」

続いて倒木を乗り越えながら、厚田が訊《き》いた。妙子が拾った物を見て、ハンカチを出す。妙子はそこに校章を置き、頭を寄せて二人で眺めた。

小さなバッジは白百合《しらゆり》の花の中央に、『心』という文字がデザインされていた。厚田はそれをまじまじ見つめ、胸ポケットから手帳を出した。

「もしかしたら、翠心女子高のものかもしれません」

「翠心女子高？」

「ええ。小林陽子という十六歳の少女ですよ。彼女が通っていたのが翠心女子高等学校で、昨年の十一月、部活帰りに行方不明になっています」

「昨年の十一月。最初に行方不明になった少女ってことね」

「ええ。十一月だと、まだ辛うじて紅葉が残っていた頃ですかね」

厚田は言って、校章バッジを小さなビニール袋に入れてポケットにしまった。スポットの当たる場所はけっこう広く、直径十メートル程度といったところだ。地面にはスギナやアザミ、シダやヨモギが茂っているが、その中に、不自然に地面がめくれた場所がある。

厚田と妙子は視線を交わした。近づいてみると、メスのクワガタを細長くしたような黒い甲虫が数匹、土近くのアザミに止まっていた。体長が三センチ超の、クロシデムシの成虫だった。

「たぶん、近くに死骸《しがい》があるのよ」

と、妙子は言った。

「え、このあたりにですか？」と、厚田。

「荒川の河川敷に捨てられた峯村恵子の遺体には、クロシデムシの幼虫が付着していた。そこのアザミに止まっているのが成虫よ。探せばもっといるのかも」

厚田はアザミを覗《のぞ》き込んだ。

「これがシデムシってやつですか。でかくてカッコいいですね」

「迂闊《うかつ》に触らない方がいいわよ。大量のダニが寄生している場合があるから」

「げ、本当ですか」

厚田は慌てて手を引っ込めた。

虫カゴで育てているシデムシにも、ダニが寄生することがある。甲虫にダニがつくのはよくあることだとジョージは言うが、甲虫に詳しくなかった妙子は驚いた。なんといっても、寄生するダニの数が半端ではなく、個体によっては子負い虫のようになるからだ。シデムシのダニは赤茶色をしており、長ずるにつれ宿主の全身を覆っていく。野生の甲虫は体にダニの卵を付着させており、それが孵化《ふか》して体に寄生、体液を吸いながら成長するらしい。

「法医学者ってのは、大変な仕事なんですねえ」

感心したように厚田は言って、ポケットから軍手を出すと、真新しいセットを妙子にくれた。

「私は絶対触らないわよ。虫はもちろんだけど、司法解剖室以外では、死体にもね」

「もちろんです。でも、一応手袋をしといてください」

厚田は言って、蛇を払うのに重宝していた棒を妙子に示した。

「軽井沢署ではたぶん、まだ、別の被害者の捜索に来ていないはずです。現段階では行方不明のままですからね。でも先生、どうしてこの場所へ？」

黒土が不自然に盛り上がった場所に立ち、足下を確かめながら厚田は訊いた。土の表面には新芽が出ていて、一週間もすれば他の場所同様草で覆われてしまったはずだ。

「勘よ。あの下手くそな詩を思い出したの」

「ゲーテとかヤコブとか言う、胸クソ悪いあれですか」

「ゲーテとダビデとヨハネね、ヤコブはなかった」

妙子は冷たく訂正して、今来た森を振り返った。

「セメタリー。この森は、犯人の埋葬地なのかもしれないわ」

「は？　なんですか？」

「あまりにも美しい場所だから、ふと思ったの。向こうから見ると、この場所にだけスポットライトが当たっているようだったのよ」

厚田もまた周囲を見回す。

「スポットライトですか？　ははあ、なるほど。言われてみれば確かに」

「戸田雅子が遺棄されていた場所もそうだった。そこだけ光が当たっていたわ。松本薫子もそばにいたって言ったでしょ。胸クソ悪い詩を書く似非《えせ》ロマンチスト野郎は、森で最も美しい場所に、彼女たちを埋葬したのじゃないかと」

「そうか、なるほど」

厚田は戸田雅子の遺体発見現場を遠望して、自分たちが立っている場所と見比べると、空を仰いで太陽の軌跡を指で追った。

「松本薫子の遺体も、当初は光の中に置かれたのかもしれないな。その間に太陽の軌道がずれて、日の当たる位置が変わったから、戸田雅子の遺棄現場とわずかに離れた」

「戸田雅子がニュースになって、その後、事件は起こせなくなった。彼女の遺体が発見されたとき、あのあたりは捜索したんでしょ？　でも、何も出なかったということは」

「スポットライトが当たる別の場所。それがここだってわけですね」

厚田は棒の先を見下ろして、両足を踏ん張った。

「先生、ちょっと離れていてくださいよ。下を探ってみますから」

「探る？　どうやって」

「この棒は検土杖《けんどじょう》っていいまして、土中の遺体を捜索するためのものなんで……いきますよ、南無三」

厚田は検土杖を振り上げて、黒土に先を突き刺した。引き抜くと、三十センチほど離れた場所にまた突き刺すを繰り返す。

「照内の親父《おや》っさんは鑑識上がりで、いろんなことを教わってます」

「あ、待って」

妙子は思わず声を上げた。間違いない。検土杖がめくり上げた土に紛れて、平らなヒラタシデムシと、巨大なクロシデムシが転げ出てきたのだ。

「その辺りが怪しいわ。もっと優しく」

「わかりました」

厚田は土に先を刺し、手応《てごた》えを感じたのか、「む」と、言って、引き上げた。

瞬間、妙子の鼻は土中の屍臭《ししゅう》を嗅《か》ぎ当てた。死後二週間以上経ち、最も腐敗が顕著な死骸の臭いだ。悪臭は、鼻に、頭に、喉《のど》に、胸に、玉のようになって攻め入ってくる。厚田が抜いた検土杖の先からは、ポロポロと無数の蛆《うじ》がこぼれて落ちた。青みがかった灰色の蛆虫は、大小様々な大きさをしている。

「げえっ」

と、厚田は飛び退いた。地面に空いた細い穴から、呪いのように腐敗ガスが噴出する。厚田は草むらを後ずさり、苦しげに咽《む》せて生唾《なまつば》を吐いたが、妙子のほうは冷静にハンカチで口を覆った。

空気のきれいな軽井沢でも、即座には浄化できない酷《ひど》い臭いだ。

穴の中はほぼ蛆虫で、無数に折り重なって蠢《うごめ》いている。近くに生えていたヨモギを引き抜き、茎で土をどかしてみると、あふれ出る蛆虫の下に黒く変色した肉が見えた。蛆だけでなく、シデムシも相当数発生している。ヒラタシデムシ、モンシデムシ、クロシデムシも、その幼虫もだ。おそらくは、この一匹が峯村恵子に付着したのだ。

「埋まっているのは人間みたいね。残念だけど」

そう言って、妙子は静かに合掌した。

無線がうまく届かずに、長野県警軽井沢署に遺体発見の一報を入れるため、厚田と妙子は公衆電話のある場所まで戻らなければならなかった。通報を受けた県警の機動捜査隊が到着し、次いで鑑識が、そして刑事や検視官らが森に入ると、妙子と厚田は足止めされて聴取され、検視に立ち会う羽目になった。

「虫からDNAを検出して、現場を確かめに来たですと？」

長野県警の検視官は初老の男で、頭の天辺《てっぺん》から長靴の先まで無遠慮に妙子を眺めてそう言った。白髪頭の四角い顔。背は低く、ガッチリとした体格をしている。ボディーガードよろしく妙子の脇に貼り付いて、厚田が妙子を紹介した。

「この人は、東大の法医学研究室で司法解剖にも携わっている先生でして」

「ほほう」

検視官は名刺をくれたが、妙子にはまだ肩書きがない。こういう流れになるとも思わずに、ただ恐縮して名刺を受けた。

「医研の両角研究室にいます石上です」

名乗ると、強面《こわもて》の検視官は、「ああ、両角先生の」と、相好を崩した。

「両角先生ならよく存じてますわ。晩期遺体現象のシンポジウムがあったときは、拝聴に伺いましたよ。そうですか、両角先生の……そういえば、あなたが受付におられたような気もしますなあ」

「いたかもしれません」

現場は森の奥なので、野次馬も来なければ、近くに規制線も張られていない。鑑識官らが土を掘り、遺体が表に出てくると、想像通り、それは虫の巣窟《そうくつ》と化していた。

「太陽の光が当たっている場所を、広めに捜索してもらえませんか」

妙子は思わずそう言った。

「俺からもお願いします。いえね、もしも、まだ他に被害女性がいた場合なんですが、この周囲に埋められている可能性があると思うんですよ」

脇から厚田が補足する。警視庁と長野県警の間に確執や仁義があるのかどうか、妙子には全くわからないが、若い厚田が現場の指揮を執る年配検視官に貼り付いて、あれこれと世話を焼く様子にはハラハラさせられた。

管轄内に死体が埋まっていたことを警視庁の刑事から知らされるのは如何《いかが》な気持ちか。しかし、厚田と長野県警の間に妙な確執はないらしく、捜索の範囲はあっさり広げられた。

「今回の事件では協力体制を敷いてますからね。ことによると、この遺体も、両角先生のところへ司法解剖の依頼が行くかもしれませんなあ」

検視官が妙子に言う。鑑識が写真を撮り終えるのを待って、彼は検視に妙子を立ち会わせてくれた。掘り出された遺体の腐敗臭は凄《すさ》まじかったが、マスクなしでも毅然《きぜん》と遺体のそばに立つ妙子を見ると、鑑識官らも妙子に道を開けた。

遺体の頭部はすでに白骨化が進んでいたものの、きれいにパーマのかかったショートヘアが、まだ頭皮にくっついており、眼窩《がんか》から無数の虫が蠢きだして、口や鼻の穴に這《は》い込んでいた。やはり絞殺されたのか、首の一部が如実に陥没して、骨が剝《む》き出しになっている。締め上げられたときに皮膚が傷つき、肉蠅が傷口に産卵したのだろう。遺体は衣服を身に着けており、Tシャツに長ズボン、スニーカーを履いていた。Tシャツは作業着に支給されたもののようで、胸にタカハシ額店の文字と、平出という刺繡《ししゅう》があった。胸の上で手を組まされて、土中に仰向《あおむ》けで寝かされている。

「平出直美……可哀そうに」

口の中で、もごもごと妙子は呟《つぶや》く。

「荒川まで運ばれた峯村恵子さんのご遺体も、近くに埋められていたんだと思います。だから平出直美さんにくっついていたシデムシが、彼女の耳に入ったんです」

土中からはもちろん、無数の幼虫が湧いて出た。黒いのはヒラタシデムシとクロシデムシの幼虫で、白いのがヨツボシモンシデムシの幼虫だ。ジョージの研究を手伝ううちに、妙子も虫の見分けがつくようになっていた。

検視を見学させてもらっていると、二メートルほど離れた場所で、やはり検土杖が何かを突いた。激しい腐敗臭はなかったから、妙子はそれを、半年程度が経過した遺体であろうと判断した。掘り出されたのは白骨体で、翠心女子高の制服を身に纏《まと》っており、頭を下に、両足を抱えるようにして、土中深くに埋められていた。

「こっちにも何かあります！」

三体目の手応えがあったとき、その場にいた者たちは、一様にやりきれない声を上げた。

三体目が見つかった場所もまた、わずか数メートルしか離れていない。二遺体を掘り上げたばかりだというのに、警察官らは疲れも見せずに走って行く。指揮する声は怒りにも似て、遺体が出ると、彼らはわずか手を止め合掌した。誰も彼もが、こんな場所に遺棄された被害者を一刻も早く掘り出して、遺族の許《もと》へ返してやりたいと思うのだ。

虫を見る警察官らの瞳《ひとみ》には、『おまえらの餌になるために、この人は生まれてきたわけじゃない』という、悲しみと怒りの思いが宿っている。泥にまみれるのも厭《いと》わず、ブルーシートに引き上げられた腐乱死体に屈《かが》み込み、ピンセットで蛆虫を取り除く彼らの姿に、妙子は感じるものがあった。

「あの……検視官。お願いがあります」

妙子は検視官に頭を下げた。

「遺体と一緒に出てくる虫と、現場写真を、検体として頂きたいんです」

「わかりました。手配しましょう」

老齢の検視官は請け合った。

「被害者の無念を晴らすためなら何でもしましょう。いや、法医昆虫学とはまた、すごいところに目をつけたものですな」

いつの間にか太陽は傾き、森全体が黄金色に染まっていた。鑑識に指示を出す検視官を見守っていると、後ろから厚田が言った。

「先生、ありがとうございました。感謝します」

厚田が頭を下げるので、

「別に何にもしてないわ」

と、妙子は答えた。周囲では、丁寧な捜索がまだ続いている。

「後のことは軽井沢署に任せて、大学までお送りしますよ。えらい時間になっちまいましたが」

確かに厚田のいうとおり、いつの間にかずいぶんな時間になった。現場に投光器が運び込まれるのを横目で見ながら、妙子は厚田と車へ戻った。いつもは遺体が搬送されてくるのを搬入口で待つだけだったから、それ以前にこれほどの苦労があると考えてもみなかった。両角教授なら検視の依頼を受けて現場へ赴くこともあるのだろうが、妙子には初めての現場であった。

「司法解剖に携わる検死官は、現場へ来てみるべきかもね」

現場を行き交う警察官らを窓越しに眺めて、妙子はボソリと呟いた。

今日のように、現場へ来てみなければわからないことがある。常にそれをするのは大変だけれど、法医学者になるのなら、このことは覚えておこうと妙子は思った。

ＡＤバンには厚田が使った検土杖《けんどじょう》が載せられているため、丁寧に拭《ふ》き取っても強烈な腐敗臭が漂って、車内の空気は最悪だった。鼻の奥や記憶中枢に臭いが貼り付いてしまったせいで、厚田が大きく窓を開けても、悪臭が消えることはない。

昼食もまだだったので、高速のサービスエリアでラーメンを食べた。厚田のおごりだというので、妙子は小盛りのチャーハンと、餃子《ぎょうざ》とコーヒーも追加した。

「あれを見た後で、よくチャーハンが食べられますね」

細長いインディカ米を見ながら厚田が言う。米粒が蛆虫《うじむし》に見えるのだろう。

「全然平気。解剖技官には体力が必要なんだから。刑事もでしょう？　あなたも食べなさい」
　皿にとりわけて強引に食べさせると、厚田は目を白黒させて、泣きそうな顔をした。
その様子が可笑《おか》しくて、妙子は思わず、「あはは」と、笑う。
「私だって、最初からこうだったわけじゃないのよ」
　餃子を咀嚼《そしやく》しながら妙子は話した。
「法医学者になるには医師免許が必要で、医学生は授業で解剖を経験するんだけど、
その献体はホルマリンのプールに浸《つ》けられて、全身を消毒されてるの」
　厚田は悲壮な表情で、「はあ」と、チャーハンをかき込んだ。
「ホルマリンに浸された遺体っていうのはね、皮膚が硬くなっちゃってるのよ。メス
ひとつ使うにも力がいるの。皮膚の下には脂肪の層があって、医学生の技術では、切
りひらくことすら容易にできない。でも、教授になると、脂でベトベトになった指で
医学書をめくりながら、何体も並んだ遺体に指示を出す。もちろん、感染が怖いから
ラテックスをはめているんだけれど、医学書のページをめくるとき、平気で指を舐《な》め
るのよ」
　厚田はポトリと箸《はし》を置き、コップの水を飲み干した。
「私も、あれを見たときは、吐きそうだったわ」

「俺もいま、そんな感じです」

皿に残った最後の餃子を口に入れ、妙子はコーヒーを飲み干した。

「本当ならビールといきたいところだけれど、勘弁しておく。まあ、車で来ているから仕方ないわね。あなた、お酒は？」

「そこそこ飲めます」

と、厚田は言った。

「先生ほどは強くないかもしれませんがね」

妙子は、「ふん」と、鼻を鳴らして、食べ終えた食器をトレーに片した。灰皿を引き寄せ、食後の一服に火をつける。厚田も煙草を吸い出した。

「あの遺体ですが、先生のところへ搬送されるよう、取り計らってもらいましょうか？」

煙と煙の応戦になる。二本の指に煙草を挟んで、妙子は優雅に鋭く煙を吐いた。

「もちろんよ。回してちょうだい。明日は日曜だけど、今夜戻って教授に電話しておくわ」

「よろしいんで？」

四口ほど吸ったところで、妙子は煙草を揉《も》み消した。

「あなたたちのあんな姿を見たら、断れないじゃない。早く犯人を捕まえないと」

「先生が立ち会ってくれるんで？」

「そのつもりです。あなたも来るんでしょう？　厚田刑事」

初めて名前を呼ばれた厚田は、なぜだか少しだけ赤くなった。

コップの水まですべて平らげ、二人が店を出た頃には、すっかり日が暮れていた。

厚田は自宅まで送ると言ったが、妙子は大学でいいと答えた。シデムシから実際に被害者を見つけたこともそうだが、警察官らが捜索する様子を目の当たりにした興奮で、今夜は眠れそうにないと思ったからだ。どうせ眠れないのなら、大学に戻って研究論文を書きたかった。

今なら、自分が法医学を目指したことに誇りが持てそうな気がする。腐乱遺体に食い込んだ蛆虫を一匹ずつピンセットで取り除いていた鑑識官らと、自分は共に仕事をするのだ。彼らにできない角度から。

「声なき遺体の声を聞き……か」

「え、なんですか？」

厚田が運転席から訊《たず》ねたが、妙子は何も答えなかった。彼女はわずかにウインドウを開け、ボウボウと唸《うな》る高速の風に自分の髪をなぶらせた。

防風柵《さく》の切れ間を街の夜景が飛び去って行く。
急速に変わりゆく風景を眺めて、妙子は自分に、「よし！」と、言った。

第六章　パンドラ

【軽井沢の山林で少女の3遺体見つかる】

翌、日曜日。朝賣新聞に大見出しが躍った。遺体の身元も不明であるから、大した内容も書かれていないが、遺体がどれも若い女性で、他殺体であることが示されていた。同じ場所では、これまでにも戸田雅子（19）が他殺体で発見されている。

休日の死因究明室で、コンビニのパンとフルーツヨーグルト、町田の私物からくすねたインスタントコーヒーを飲みながら、妙子は朝刊を読んでいた。

すべては、自殺体と思われた松本薫子の遺体に紙片を見つけたことから始まった。次に戸田雅子が、そして峯村恵子が、口に詩を入れられた状態で発見された。警察より早く彼女たちを捜していた千賀崎のことを思い出し、彼と訪れた喫茶店の、不味《まず》いアメリカンを飲んでいるような気分になった。

昨夜は死因究明室から両角教授に電話をかけて、緊急の司法解剖要請があるかもしれないと告げておいた。教授は、警視庁から依頼があったら自宅へ電話して呼び出すようにと言ってくれた。結果として妙子は今日も一日大学で作業することになってしまったが、司法解剖の依頼は、まだこない。

簡素な朝食を終えて、時計を見た。

午前八時半。シデムシから得た情報で、かわいそうな少女らの三遺体が見つかったことをジョージに報告したかったが、せっかくの休日に早朝から電話で起こすのも憚《はばか》られ、タイミングを計っていたのだった。九時になったら電話をかけよう。その前に、ちょっと一服してこよう。

席を立ったとき、電話が鳴った。

電話機の表示は内線ではなく直通だ。厚田かと思って電話を取ると、

「そちらに石上先生はいらっしゃいますか」

と、厚田ではない男の声がした。

「どちらへお掛けですか？」

意地悪にも妙子は訊ねた。知らぬ男から休日に電話を受ける筋合いはない。

「法医学部の両角研究室へ掛けたつもりなんですが……休日は、みなさんお休みなんでしょうかねえ？　石上先生は」

両角教授を知っているなら、怪しい電話ではなさそうだ。妙子はややぶっきらぼうに、

「石上は私です」

と、言ってみた。電話の奥で、笑うような鼻息がした。

「どうも先生。私ですよ、ライターの千賀崎です。やっぱり研究室においででしたね」

なんとなく厭《いや》な気分になって、相手に気取られないよう深呼吸した。

この男と話すのは苦手だ。記者という職業柄か、つい余計なことまで喋《しゃべ》らされてしまう気がするからだ。

「やっぱりって、どういう意味です？」

意識して尖《とが》った声を出す。あなたと話している暇なんかないのよ。そう、相手が感じるように。

「言葉通りの意味ですよ。軽井沢で遺体が三つも出たそうじゃありませんか。さしずめ今日辺りですかね？　ご遺体が司法解剖に回されてくるのは」

「なんでもかんでもここへ来るわけじゃありません」

「ああ。そこいらへんは、管轄の警察署が決めるんでしたね。軽井沢署ですと、さし

ずめ信大の法医学部あたりですかねえ？　司法解剖を行うのは」

「軽井沢署に直接お聞きになればよろしいのでは？」

「訊《き》いたんですが、答えてもらえなかったものでして」

と、千賀崎は笑う。当たり前だ。

「切りますよ。忙しいんです」

「ああ、ちょっと」

さして慌てたふうもなく、千賀崎は言った。

「電話したのは、私がお渡ししたリストに誤りがあったからですよ」

「誤り？」

「ええ。リストのうち、湯本恵美と青島美穂という二人の少女に関しては、警察が生存を確認したようです。先生にご迷惑をおかけしちゃ不味いと思いまして、電話したんですよ」

「それはどうも」

「ああ、それと」

たたみ掛けるように千賀崎は言う。まったく抜け目のない男だ。

「先生はお聞きになっていますかねえ？　白いカローラの持ち主が、判明したそうですが」

「えっ」

思わず本心がにじみ出る反応をしてしまった。電話の向こうでまた、鼻息が笑う。

「やっぱりご存じなかったんですね？　カローラは、エレックマツザキという電機店所有の車だったみたいです。社長の持ち物で、捜査は進んでいるみたいですが」

その社長が犯人なの？　と、思わず妙子は訊きそうになり、すんでの所で自粛した。無言でいると、千賀崎はさらに話を進めた。

「目撃者がいたみたいじゃないですか、『芸術家』には？　私が睨《にら》んだとおり、事件の被害者は東北本線沿いに生活していた。赤羽駅近くのアマンって喫茶店に、松本薫子が出入りしていたって情報は、私もつかんでいたんです。彼女の友人の話だと、交際相手は背が高く、色白の美男子でセンスがよく、金持ちだってことでしたがね」

「そうなんですか」

「先生、何か私に、話があるんじゃありませんか？」

「話なんてない。この前も言ったでしょう、守秘義務って言葉を知らないんですか？　私に電話してくるなんて、的外れもいいところよ」

少しだけ間を空けてから、千賀崎は、

「そうですか。残念だなあ」

と、また笑った。

「じゃ。お忙しいところを、お邪魔しました。それでも連絡は待っていますよ。警察もだが、情報は共有して、早く被害者を家に帰してやるのがいいと思いますがねえ？」

嫌みな言い様に腹を立て、妙子は無言で電話を切った。すると、すぐさまベルが鳴る。

「あなたもいい加減しつこいわね！」

受話器を取るなり大声で怒鳴ると、

「はっ？　そりゃまたすいませんでした」

と、声は答えた。千賀崎ではない。西荒井署の厚田の声だ。妙子は思わず口を押さえた。

「ごめんなさい。人違いです。厚田刑事？　西荒井署の」

「はぁ、厚田ですが。いや、ホントにしつこかったかなと……」

厚田はしょげかえった声で言う。妙子は椅子を引いて電話の前に腰を下ろした。ポケットから煙草を出して口に咥《くわ》え、研究室では吸えないので、火のないフィルターを吸って頭を掻《か》いた。

「そうじゃないのよ。たった今、また千賀崎記者から電話があったの」

「週刊トロイの記者ですか？　そりゃまた、どんな用件で」

「さあ」

と、妙子は正直に言った。

「昨日の遺体が司法解剖に回されてきたか、知りたかったんだと思う。それと、リストに誤りがあったというのと」

「誤りとは？」

「生存していた少女が二人いたって話。厚田刑事からも聞いたわよね。家出して、男と同棲《どうせい》していた少女がいたって」

「ああ、はいはい」

「それと……」

話していると、これが一番重要なことだったと思えて来る。妙子は煙草を口から離して、

「白いカローラの持ち主が見つかったと。エレックマツザキとかいう電機店の、社長の車だと言ってたわ」

厚田はぐっと言葉を呑《の》んで、

「なんでそれを……」

と、独り言のように呟《つぶや》いた。

「もちろん警察発表でしょ？　もっと情報を集めるために。違うの？」

「違いますね」

と、厚田。彼もまた、そのことを妙子に知らせようと電話をくれたのだという。

「記者って奴は侮れませんね。どっから情報を仕入れて来やがるのかなあ？　件《くだん》の車が上がってきたのは一昨日《おととい》のことなんですがね。喫茶店アマンの周囲で、同型の車が路駐してるのを、けしからんっていうわけで交番に通報してきた住人がいたらしいんです。交番に当時の記録が残っていて、そのナンバーから持ち主が割れたんですが」

「それがエレックマツザキ？」

「ええ。社長の自家用車でした」

「どんな男なの？」

「久保埼《くぼざき》武彦《たけひこ》って、六十がらみの男です。エレックマツザキは、松下幸之助《まつしたこうのすけ》のマツと久保埼のザキを掛け合わせた屋号らしくて、家電製品の販売や取り付けをやってる、いわゆる街の電機屋さんです。家族構成は奥さんと、嫁に行った一人娘が、店番を手伝っているようで」

「芸術家とは、年齢からして違うのね。従業員は？」

「平野《ひらの》という四十過ぎの男が一人、主に工事を担当してます」

妙子は首を傾げてしまった。四十か。十代の少女たちが熱を上げる年齢とは思えない。

「同じ車種だったというだけなんじゃないの？」

「そういう可能性もありますがね。社長の久保埼ってのが、けっこう癖のある人物で、まったく捜査に協力してくれませんでね。車も車庫から出さないし、取り付く島もない感じで」

「車内を調べさせてもらえれば、例えば被害者の毛髪が出るとか、軽井沢の黒土が出るとか」

「毛髪で、なんかわかりますかね」

「毛根がついていればDNAを検出できるわ。個人特定の根拠には曖昧《あいまい》だとしても、少なくとも血液型は判別できる。家族と違う血液型が出れば、追及の手立てになると思うんだけど」

「なるほどねえ。科学捜査の時代が、すぐそこまで来てるってことですね」

と、感心したように厚田は言った。

「ちなみに昨日の遺体ですが、三体とも、昨夜のうちに県警の指定病院へ運ばれたってことでした。大きな事件になりましたからね。捜査本部も色めき立っていまして、何が何でも自分たちのところで解決したいらしいです。予定して頂いていたのに、力及ばず申し訳ない。検死の結果はまだですが、着衣や遺体の状況から、三人はやはり、額店勤務だった平出直美、翠心女子高の小林陽子、それと、家事手伝いの呉優子ではないかと思われます。三人とも失踪《しっそう》当時の服装をしていたことと、骨格から判断した身長や、髪型などが一致してます。あと、昨日の場所からさらに数メートル入ったところに風穴があるそうなんですが、彼女たちの持ち物と思われるものが、そこにまとめて捨てられていました」

「捨てられていた？」

「風穴は、地元住民には知られた場所のようでして、けっこういろんなものが捨てられていました。縦穴で、下へ深いんですよ。人が入れるような広さはないんで、鍵棒《かぎ》を突っ込んで拾い出していますがね、小林陽子の学生カバンと体操着、戸田雅子のものと思われる着衣と靴、平出直美の定期入れ。ほかに、呉優子の手帳なんかも見つかっています。それと、遺体は出ていませんが、キッチン田園の従業員用エプロンが見つかりました」

「キッチン田園って？」

「記者のリストにもありましたよね？　岡崎真由美って十七歳のウェイトレスが、三月中旬から店を無断欠勤しています。キッチン田園は、喫茶店アマンと同じ赤羽駅の通り沿いにある洋食店で、三月十九日に同僚がアパートを訪ねて不在を確認していま す。彼女も、付き合っている男がいたようですが、それが芸術家だったかどうかは、わかっていません」

「じゃあ、その子も殺されている可能性があるってことなの」

「可能性は出て来ましたね。近くに遺体が埋まっているかもしれないってことで、捜索範囲を広げているんですが、今のところめぼしい動きはありません。あと他に、風穴から松本薫子の学生証が出ましたよ。これで、彼女の自殺についても捜査本部の見解が変わることでしょう」

「やっぱり、自殺ではなく殺人だったのね」

「当然でしょう。まあ、当然なんて言葉を使うと、照内の親父《おや》っさんに叱られますが」

厚田はそう言って言葉を切った。

松本薫子、戸田雅子、峯村恵子、平出直美、小林陽子、呉優子。結局、あの場所に

は六人もの少女が埋められていて、他にもう一人、洋食店のウェイトレス岡崎真由美が殺されている可能性が出て来たということか。妙子は受話器を握りしめた。

「それで？　例のへたくそな詩は？　口の中から出て来たの？」

「出ました。平出直美の口からね。ですが、遺体があんな状態だったもんで、溶けてドロドロになってましてね、内容は確認できませんでした。昔の和紙と違って、今どきのメモ用紙は軟弱らしいです」

「他の二体はどうだったの？」

「白骨化が進んでいてムリでした。あったのかもしれませんが、骨と服以外ほぼ土に還《かえ》っていまして」

「そう……半年以上経っているもの、仕方がないわね。でも、あの場所から遺体が出たってことは、同一犯の仕業ってことになるのよね」

「ええ。犯人は絶対許しません」

厚田は言って溜息《ためいき》を吐き、それから、声のトーンをいくらか上げた。

「それで、これが一番重要な件なんですが、坂木《さかき》検視官から虫のサンプルを預かっています」

「坂木検視官？」

そう聞いてすぐに、妙子は昨日の検視官から名刺をもらったことを思い出した。大して気にもとめずポケットに突っ込んだままだった。厚田が丁寧に補足する。

「昨日現場に立ち会った主席検視官ですよ。軽井沢署の警視で、間もなく退官になるんですがね、もうしばらくは現場を補佐してくれるそうで。それで、今からそれを届けに行きますが、よろしいですか？　なんか、蛆《うじ》やら肉やら虫やらの容《い》れ物を、割れないようにテープでダンボールに固定して、三箱くらいになってるヤツです」

「あなたが来るの？」

「はあ。他に誰もいませんのでね。何せ、俺は指示待ち刑事ですから」

大変ね。と、笑いながらも、妙子は厚田に「よろしく」と、言った。おそらくは、彼もまた、ろくに眠っていないのだろう。電話を切って時計を見ると、何もしないうちに九時になっていた。

緊急の司法解剖はなさそうだと両角教授に電話して、ジョージのコンドミニアムに電話を掛けると、留守番電話に切り替わった。DNAの話と、大量の検体が来ることを告げなければならないが、伝言で残すには長すぎる内容だ。妙子は、

「戻ったら連絡下さい。夜七時頃までなら死因究明室にいます」

と、伝えて電話を切った。

ようやく一服出来ると思って医学館を出ると、梅雨の晴れ間というのだろうか、清々《すがすが》しく新緑の匂いがしていた。たっぷり雨水を吸った地面は所々がぬかるんでいたが、舗装された道路を歩く分には、ヒールのままでも問題がない。

いつもの場所を覗《のぞ》き込んでみたが、半地下のようになった室外機のあたりはまだ濡《ぬ》れていて、腰を下ろせる場所はない。犬の散歩をする人や、ジョギングをする人などが構内を自由に散策しており、咥《くわ》え煙草に火をつけて、妙子もぶらりと歩き始めた。

丈高く成長した銀杏《いちょう》並木が気持ちのいい木陰を作っており、昨日見た遺体捜索の光景や、ベレー帽を被《かぶ》った犯人のことをぼんやり考えているうちに、妙子は図書館の前に出た。すぐ脇が三四郎池だ。

軽井沢の土中にあった遺体の状態を考えると、三四郎池の狸も、毛皮の下に相当の虫がついていたはず。ジョージによると、シデムシが眼窩《がんか》を出入りしている場合、彼らはすでに体内で王国を作っているという。シデムシは死骸《しがい》を見つけるとその下に潜り込み、土を押し出して空間を作り、死骸を地下に沈めていく。安全な土中で産卵し、子育てをするためだ。小さな虫が死骸を土中に落とす早さと技は注目に値するとジョージは言うが、その様子を確認したいような、したくないような。それでも法医学の道を進むなら知っておくべきだと妙子は思い、興味本位で三四郎池へ向かった。

雨上がりの灌木《かんぼく》は瑞々《みずみず》しく、時に水滴を光らせており、なぜかヤブ蚊も気にならない。たしかこの辺だったと足を止めたが、どこにも狸の死骸はない。すでに毛皮の分解も終わったのかと一瞬思い、そんなはずはないと思い直す。あれからまだ数日しか経っていない。ヒトの晩期遺体現象に照らしても、狸の死骸はまだ形状をとどめているはずだ。

妙子は首をひねったが、どうしても、それを見つけることは出来なかった。

午後には厚田が、ダンボール三箱を抱えてやって来た。一緒に缶コーヒーを買ってきたのが、年下の刑事のかわいらしいところだ。研究室には応接スペースがないから、隣り合うデスクの椅子に掛け、妙子は厚田がくれたコーヒーを飲んだ。

結局、昨夜書き進めた分以外、論文は少しも進んでいない。生身の少女らの運命と、それを左右した殺人犯、犯人を追う警察官らのリアルな迫力は、妙子の気持ちを翻弄《ほんろう》するのに充分だった。妙子にはまた、法医学に携わる者として被害者の力になれているという実感が初めてあり、そのことが名状しがたい興奮を生んでいた。

机の上で電話が鳴る。出ると、ジョージの声がした。

「録音を聞いたよ。大学にいるの？　なぜ？」

妙子はチラリと厚田を見た。ジョージとの会話は英語だが、厚田も英語が堪能《たんのう》かもしれない。週末のキスを思い出し、妙子はジョージとの会話に敏感になった。

まだなにか用事があるのか、厚田はゆっくり缶コーヒーをすっている。

「論文を進めておきたかったからよ。平日は忙しくて、なかなか時間がとれないから。それと」

捜査の内容に関して、どこまで話してよいものか。

思案した末、妙子はシデムシの情報通りに別の遺体が発見されたこと、現場からサンプルを持ち帰ったことをジョージに告げた。

「そりゃすごい」

答えるジョージの後ろで異音がしている。

真夜中のテレビ画面が発するような、しつこくて細かいノイズだった。

「サー・ジョージ、今、どこに？」

「部屋だよ。今、戻ったところだ」

「電波かしら、受信状態が悪いみたいなの」

結局、妙子は明日まで死因究明室でサンプルを預かると告げて、電話を切った。

「サンプルの検査は明日からになるわ。何かわかるとしても、数日かかるかも」

今度は日本語で厚田に言うと、

「かまいませんよ」

と、厚田は答えた。

「今話していたのが昆虫学者の先生ですか？　外国の人なので？」

「イギリス人なの。客員教授で、しばらく日本国内のシデムシ類を調査することになっているのよ。ちなみに、虫から餌のＤＮＡが検出できるかもしれないという発想は、彼のもの」

「なるほど。それでわかりました」

厚田は飲み終えたコーヒー缶を弄《もてあそ》びながら妙子を見た。

「たしかスコットランドヤードでしたよね。鉄道強姦《ごうかん》魔のブルーベル事件を解決に導くために、リバプール大学の心理学の先生が、捜査に協力したと聞いてます。そういう意味でも、イギリス人の発想は、日本人より柔軟なのかもしれませんね」

その事件のことはニュースで見たが、詳しい事情は知らなかった。

「日本警察にも、そういう時代が来そうですね」

「そういう時代って?」

「組織の秘密体質を飛び越して、各方面から協力体制を敷く時代がですよ」

厚田は立ち上がって右手を出すと、妙子が飲み終えたコーヒー缶を受け取った。

「じゃ、俺はこれで。あ、そうそう、先生」

彼は人差し指でこめかみを掻《か》きながら振り向いた。

「心理学の話で思い出したんですが、峯村恵子の遺体だけが荒川に運ばれたのは、なんでだと思います?」

妙子もそれが不思議だった。

「それは私も考えていたの。初めは、戸田雅子の遺体が発見されたことがニュースになってしまったから、近くにあった彼女の遺体を動かしたと思ったのよね。でも、昨日現場に行ってみたら、それほど近くというわけでもなかった」

「そうなんですよ」と、厚田。

「そもそも、先生が同行してくれなかったら、遺体の埋葬場所もわからなかったわけですし。よしんば遺体を動かすとしても、なぜ、荒川だったんですかねえ」

人差し指の背で鼻を押さえて、妙子は首を傾けた。

「一つ言えるのは、峯村恵子は死後間もなかったために、遺体がまだ運べる状態だったということ。腐敗汁がもっと出ていたら、移動させるのは難しかったと思うから」

「まあ……他の遺体の状況を見たら、そうですね」

「なぜ荒川だったかは……」

しばらく考えてから、

「私には想像がつかないわ」

妙子は正直にそう言った。

「あのぅ……図々《ずうずう》しいお願いなんですが」

今度は小指の先で眉毛《まゆげ》を掻いて、厚田は言う。

「例の虫の先生にも、ちょっと見解を聞いてみてもらえませんか？」

「ジョージに？　どうして？」

「いやね、虫から遺体の履歴を割り出すなんて、最先端の考え方をする先生ですから。向こうには、日本ではまだ実践されていない、何か特殊な考え方や、方法があるんじゃないかと思っただけのことなんですが」

コーヒーの空き缶二個を手に持って、控えめながらもねちっこく、手がかりを模索する厚田のことを、妙子は少なからず好ましく思った。司法解剖に立ち会う刑事たちを何人も見てきたけれど、こちらの情報を聞き出すだけで、積極的に情報交換をするタイプはいなかった。もちろん、この若い刑事も徐々に変わっていくのかもしれないけれど。

「わかったわ。明日、そっちから電話を頂戴《ちょうだい》。もし連絡がとれなくてもタイミングを見て折り返すから」

厚田が部屋を出て行ったので、妙子は再び論文にかかった。

それでも、荒川まで遺体が運ばれてきたわけや、ウェイトレス岡崎真由美の行方だけがまだ不明であることや、犯人以外の恋人がいた峯村恵子が事件に巻き込まれた経緯など、あれこれと謎が浮かんで、仕事は全く捗《はかど》らなかった。

翌日、虫カゴへ厚田から受け取った検体を運びながら、妙子はジョージに芸術家事件のあらましを説明した。厚田が話していたとおり、イギリスではブルーベル事件を契機として、犯罪捜査に心理学を取り入れる試みが進んでいるという。

「一九七五年から五年ほど続いたヨークシャー・リッパーを知っているかい？　切り裂きジャックによく似た事件で、女性が殴られた後に切られるという連続殺人事件なんだけど、捜査情報運用ソフトが開発されて、重大犯罪分析課システムが整備されるきっかけになったんだよ」

「両角教授から聞いているわ。サー・ジョージは、FBIの捜査にも協力していたのよね？　今回の事件をどう思う？　特に、遺棄現場から掘り出されて荒川の河川敷に遺体が遺棄された件については」

「うーん」

ダンボール箱に入った検体を慎重に取り出しながら、ジョージは眉間《みけん》に縦皺《じわ》を刻んだ。

「ぼくは心理学者じゃないからね。それに、分析官でもない」

「もちろんよ。ただ印象を聞きたいだけなの。わざわざ荒川まで運んで来なくても、軽井沢にだって川はある。だから、荒川へ遺体を運ばなければならなかった理由があると思うのよ。それがなにか、わからないけど」

「そうだね、じゃ、主観で適当なことを言ってみるよ？」

ジョージは手を止めて、テーブルに背中を預けた。足を軽く交差させ、腕組みをして天井を見る。水色の瞳《ひとみ》の奥で、思考が目まぐるしく動き始めた。

「切り裂きジャックも、ヨークシャー・リッパーも、犯行には犯人なりの理由があった。だから、芸術家が遺体を運んだならば、それにも理由があるはずだ。思い当たることのひとつは、自己顕示欲かな」

「自己顕示欲？　何に対して？」

「ざっくり言うなら社会に対して、かな。例えば、切り裂きジャックは警察に犯行声明を送りつけている」

「そういうことなら、わざわざ遺体を動かさなくても、埋葬場所を知らせればいい。すでに戸田雅子の遺体が発見されていたのだから、他にも遺体があると言うだけで済むわ」

「ふむ」

　と、ジョージは鼻をこすった。

「では、移動された被害者にだけ、そうするべき犯人側の拘《こだわ》りがあった。というのは？」

「それは……たしかに。被害者のうち、峯村恵子だけは婚約者がいた。同棲《どうせい》していたし、処女でもなかった。二股をかけていたというならともかく、彼女だけは芸術家と交際していなかったのかもしれない」

「純粋に通り魔的な犠牲者だったから、セメタリーに置いておくのが厭《いや》だったとかはどうだろう。タエコの話によると、遺体が埋められていたのは詩的に美しい場所だったんだろう？」

「そうね、それは考えられるわね。戸田雅子の遺体が見つかったことがニュースに取り上げられたから移動したわけじゃなく、最初からあの場所に埋めておきたくなかったのかも。彼女だけは他の男のものだったから……でも」

と、妙子はまた言った。

「それなら荒川でなくてもいいわ」

「振り出しに戻る」と、ジョージ。

「では、最後の予測を言うよ？」

彼はテーブルから背中を離して、妙子に真っ直ぐ向き合った。

「芸術家は、遺体遺棄現場を捜査する警察の、管轄区を変えたかった」

「えっ」

一瞬だけジョージの瞳に、妙子は森を見たと思った。牡鹿《おじか》が死んだウェールズの、狸が死んだ三四郎池の、そして軽井沢の森を包んでいた空と同じ水色。いつもそうだが、見つめられると、彼の瞳とその奥の思考に吸い込まれそうになる。

「管轄区を変える？」

「誰かいたんじゃないのかな。荒川を管轄する警察組織の中に、芸術家が挑戦状を突きつけたかった有名人が。もしくは、芸術家が憧《あこが》れている人物が」

「その人に捜査させるために、遺体を運んで来たというの？」

「考えすぎかな」

と、ジョージは笑った。

「でも、ありそうな話だろう？　移動された遺体は、今のところ、最後に殺された人物のもの。切り裂きジャックもそうだけど、連続殺人犯は次第に大胆になっていく。自分はもう捕まらないんじゃないかという自信と、いつかは捕まるのじゃないかという不安。その両方でハイになって、思いがけない行動を起こしたりするみたいだよ。軽井沢の警察と、荒川の警察と、組織としてはどっちの方が優秀なの？」

「どちらが優秀とかはわからない。でも、あちらは県警で、こちらは警視庁。警視庁に捜査させたかったというのは……そうかも……しれない……」

閃《ひらめ》きのような直感が、妙子の胸を打っていた。たしかに、そう。そうかもしれない。

「ありがとう。サー・ジョージ。私、電話をしてきても？」

「お役に立てたなら、よかったよ」

そう言うと、ジョージは腰をかがめて妙子にキスした。そよ風が触れたかのように自然なキスだ。あまりに自然で、あまりに唐突。

「誰にでもそうなの？」

妙子は思わず訊《き》いてしまった。

馬鹿みたい。と、訊いてすぐに後悔した。自分に自信がないから卑屈になるのだ。

キスなんて、ジョージの国では挨拶《あいさつ》代わりのようなものなのに。

ところが、ジョージは心から傷ついた顔をした。妙子がますます自分を嫌いになるほどに。

「ごめんなさい。そういうつもりで言ったんじゃないの。私……あの……」

「誰にでもじゃない。わかってもらえないかもしれないけれど、きみは、自分の魅力に気が付いていないだけなんだ」

法医学に関係のある話なら、何時間でもしていられる。それが死体や解剖に関わる話なら、毎日話していてもいい。けれど妙子は自分を話題にされるのが苦手だった。

特に、外見を褒められると、この世から消えてしまいたくなる。

「そういえば、お母様は？」

強引に話を逸《そ》らそうとしたが、上手《うま》くいったとは思えなかった。

ジョージは唇を歪《ゆが》めて笑い、

「相変わらずだよ」

と、冷たく答えた。

「こちらへお着きになったのね。昨日？」

ジョージは両手を広げて首を竦《すく》め、傷ついた声で、

「行けよ」と、言った。

その目は妙子を見ておらず、妙子の総《すべ》てを拒絶するかのように素っ気ない。

恋愛経験の浅い妙子にとって、それはいたたまれない瞬間だった。ジョージに価値を見いだす代償に、妙子は自分の価値を地に落としたのだ。ジョージが発するたった一言の言葉や態度が、妙子に自分の過ちを確信させる。それがどんな過ちか、本当に過ちなのかさえわからず、根拠も、理由すらわからないまま、ただジョージにとって価値がなければ、自分は総てにおいて価値がないのだと信じさせられてしまうのだ。脊髄《せきずい》の、そのまた奥の芯《しん》の部分で、妙子の何かがスパークする。自分の価値を捨て去ることは、自分の生き様を否定すること。妙子にはまだ、確かな生き様は見えていないが、積み重ねてきた総てを無にすることは本能が許さなかった。咄嗟《とっさ》に妙子はジョージの腕を摑《つか》んで引き寄せ、伸び上がって、唇を奪った。ブロンドの髪に指を差し込み、不器用に唇を押しつけた。

ジョージの反応もまた素早かった。彼は妙子を抱え込み、背骨が折れるほど抱きしめた。唇が離れて頬に触れ、首筋に下りて鎖骨をなぞる。意地と意地の張り合いか、

それとも、互いがその後を生き抜くために、互いに認められることを望んだからか、二人はもつれ合うように重なって、研究室のテーブルに倒れ込んだ。OHPフィルムが床に落ち、ノートやペンがテーブルを走る。固いテーブルに上半身を押しつけられたとき、一瞬だけ、妙子は挑むような目でジョージを見たが、彼の唇が貪《むさぼ》るように降ってくるのを拒絶しようとはしなかった。

天井に、ウェールズの森が見えたと思った。折り重なる黒い枝や、その奥に覗《のぞ》く灰色の空。湿った風と、高く飛ぶ鳥。牡鹿の鳴く声が聞こえて、苔《こけ》の匂いを嗅《か》いだと思った。それともそれは牡鹿ではなく、妙子自身が上げた声か。

妙子は固く目を閉じて、森の外れにジョージが育った屋敷を見ていた。ツェルニーンはイギリスの名家だ。すでに知っていることを、頭の中で誰かが教える。妙子は腕を回してジョージを抱き、彼の総てを受け入れた。

牡鹿に突き殺されたジョージの兄。生まれてすぐ死んでしまったジョージの妹。母親は、たった一人残った息子を溺愛《できあい》していることだろう。高級レストランで味わった赤ワインの味を、妙子はまた味わっていた。ブロッコリーを残すことを許さないジョージの母。美しい人だと彼は言い、気むずかし屋だと付け足した。それでもジョージを生んでくれた。その一点だけで、妙子は、まだ見ぬ彼女とやっていけるようにも思った。獣のような行為だと、誰に嗤《わら》われてもかまわない。私はジョージを知りたいし、ジョージもまた、妙子という女を知るべきなのだ。

――吾《われ》は火盗みの罰として、人間どもに一つの災厄を与える。人間どもはみな、己の災厄を抱き慈しみつつ、喜びを楽しむことであろう。

こう言うと、人間と神々の父は、カラカラとお笑いになった。

ヘーパイストスに命じて、急ぎ土と水を捏《こ》ね、これに人間の声と体力を注ぎ込み、そのかんばせを女神に似せて、麗しくも愛らしい乙女の姿を造らせた。アテネには、様々な技芸と精妙な布を織る術《すべ》を教えよと。アフロディーテには、乙女の頭に魅惑の色香を漂わせ、悩ましき思慕の想いと四肢を蝕《むしば》む恋の苦しみを注ぎかけよと。

またヘルメスには、犬の心と不実の性《さが》を植え付けよと、お命じになられた。……乙女の肌には黄金の首飾り……その胸には、偽りと、甘き言葉、不実の性……神々の使者はさらに乙女に声を与え、その女をパンドラと名付けた――

古代ギリシアの抒情詩人《じょじょう》、ヘーシオドスの詩がまばらに浮かぶ。神々が創りたもうたパンドラは、復讐《ふくしゅう》のため地に送られて、災厄の甕《かめ》を開けることになる。

獣のように愛し合ったあと、妙子は、テーブルの上で身支度を整えた。

自分の大胆さに呆《あき》れながらも、自分もまた、パンドラと同じ『女』なのだと考えた。呪われろ。女という性……ブラウスのボタンを留めながら、こんな時だというのに、少女たちの遺体に性交の痕跡《こんせき》があったことを思い出す。厚田は強姦《ごうかん》だと考えていたようだった。

妙子はハッと頭を上げた。でも違う。それは違う。たぶん、ちがう。

近くで妙子を見守っていたジョージと目が合った。彼は腕を伸ばして妙子の手を取り、彼女を床に下ろしてくれた。白衣の前を合わせて手櫛《ぐし》で髪を整えながら、妙子は床に散乱したあれこれを見下ろした。

「大変……書類が」

女王陛下に傅《かしず》く騎士さながらに、ジョージは床にひざまずき、

「大丈夫。ぼくが拾っておくから」と、言った。

「電話を掛けに行くんだろう？　ぼくらのインスピレーションを、警察に伝えるために」

「そうね。そう、だったわね」

本当に、自分は馬鹿でどうしようもない女だと思う。それでもジョージの言うとおり、妙子はすでにインスピレーションで頭がいっぱいになっていた。彼女は素早く後

ずさり、研究室を飛び出した。前室には今日も大量の土が届いている。そして今さらながら、あの最中にこれが虫カゴへ運ばれて来たらと思って、ゾッとした。

「なにをやっているのよ、私は」

自分の頰を自分で張って、その手の甲で唇を拭《ぬぐ》い、首まで全部ボタンを留めて、むしろ不自然だと思い直して第一ボタンを外してから、妙子は虫カゴを飛び出した。

洗面所で鏡を見るまでは、死因究明室へ戻れないと思い、医学館の一番奥にある公衆電話へ忍んで行った。いつだったか厚田に言われてからは、システム手帳を持ち歩くようにしているので、名刺を取り出し、電話を掛ける。ポケットの小銭はそんなにない。あるだけを電話機の上に並べて番号をプッシュすると、幸いにも、厚田は署のデスクにいた。

「昨日頼まれたように、サー・ジョージの見解を聞いてみたわ」

「そりゃどうも、ありがとうございます」

厚田の声を聞いたとたん、妙子は涙が出そうになった。たぶん、動揺しているのだ。ここに来て目まぐるしく起きている様々な変化に。妙子は俯《うつむ》いて、洟《はな》をすすった。

「先生。先生? 大丈夫ですか? もしや、何かありましたか」

だから刑事は厭《いや》なのよ。声しか聞いていないくせに、こっちの腹を探りにかかる。

妙子は手の甲で鼻をこすって、顔を上げた。電話機が設置された場所は窓の前で、磨《す》りガラス越しに何かの枝葉が透けている。館内は涼しく、古い建物の匂いがする。

「なんでもない。大丈夫よ」

峯村恵子の遺体が荒川まで運ばれた理由について、犯人が事件の管轄区を変えたかったのではないかというジョージの推察を話すと、厚田は、

「うむ」

と、低く唸《うな》った。髪の毛をかき回す姿が目に浮かぶようだった。

「犯人には、事件をアピールしたい相手がいるんじゃないかってことですね」

「誰かいる？　警視庁には、名物刑事が」

「いやぁ、それは……」

と、厚田は言った。

「刑事は地道な仕事で、目立った活躍なんてありませんからね。あぶない刑事《デカ》みたいな世界は、テレビドラマだけの話で」

「警察官同士ではどうなのよ？　伝説の刑事とか、いるんじゃないの」

「そういうのはまあ、ありますがねえ、現職時代に、民間人にまで噂が流れるようなことはないですよ」

「そう……いい案だと思ったのに、残念ね」

妙子があっさり案を引き下げると、厚田は言った。

「いや……でも、ですよ？　俺も、いい線をついているような気はするんです。特に、峯村恵子が犯人にとって特別であったというところなんかは」

「彼女には婚約者がいたからね？　他の少女たちとは関係性が違っていた」

「そこなんですが、戸田雅子の体内から検出された体液はAB型だったそうですよ。峯村恵子から出たのはA型でしたよね」

そうだった。峯村恵子はA型で、膣《ちつ》内の精液もまたA型だった。

「彼女の婚約者だった柴田六朗の血液型がAでした」

「それじゃ、峯村恵子はレイプされたわけじゃなかったのね？」

もうひとつ厚田に伝えなければならないことがある。情事の後に閃《ひらめ》いたことだ。磨りガラスにぼんやり映る自分の影を見つめながら、妙子は髪を掻《か》き上げた。

「厚田刑事」

息を吸い込んで、一気に話す。

「あなたは少女たちが強姦殺人に遭ったと考えているようだけど、それは違うかもしれないわ」

じた。

「えっ、そりゃまた、どうしてです」

どうしてその考えに至ったか、それを説明する気はないが。妙子はぎゅっと目を閉
「松本薫子の遺体は状態が悪すぎたから、私が直接体液を検出できたのは峯村恵子だけだったけど、彼女の膣にはレイプによる裂傷の痕跡がなかったの。まあ、性交の相手が婚約者だったとすれば当然よね。だから、他の被害者の死体検案書も調べて欲しいの。レイプの痕跡があったかどうか。たぶん、なかったんじゃないかと思う」

「先生は、強姦ではなく和姦だったと言いたいんですか？」

妙子は自分の影に頷《うなず》いた。

「遺体が埋葬されていた場所や、遺体に残された詩の文面などから鑑《かんが》みて、和姦であった可能性は否定できない。彼女たちは芸術家と付き合っていたのだし、あんな場所まで一緒に出かけているわけだから」

「それじゃあ、どうして殺されたって思うんです？」

「わからない。わからないけど、理由は強姦目的じゃなく、何か他のものだと思う」

「うーむ……」

と、厚田は長く唸って、

「ああ、でもまてよ」

と、思案する。電話機がブーっと警告音を立て、通話が切れてしまわないうちに、妙子はコインを投入した。十円玉はこれが最後だ。彼女はポケットをかき回し、百円玉を手に持った。公衆電話は釣り銭が出ないから、硬貨を入れる順番を間違えてしまったと後悔する。

「もしかすると、もしかして……」

「早く結論を出しなさいよ。十円玉がもうないんだから」

「ああ、それはすみません」

「いいわよ。百円入れるから」

そう言って、妙子は百円を追加した。厚田は恐縮した声で、

「事件が解決した暁には、焼き肉を奢《おご》らせてもらいますから」と、言う。

「ビールもよ。大ジョッキで」

妙子もすかさずそう言った。

「え……わかりました。それでですね、今の話で、ちょいと閃いたことがあります。被害者のうち、平出直美と峯村恵子は顔見知りでした。二人は文芸同人誌のサークルに入っており、直美が絵を、恵子が小説を書いていた」

「そうね。そして恵子の方には婚約者がいて、遺体はレイプされておらず、荒川まで運ばれた」

「もう一人、消息がわからず、遺体も出ていない女性がいます」

「キッチン田園のウェイトレスをしていた娘ね」

「ええ。岡崎真由美十七歳。被害に遭った七名のうち、婚約者がいた峯村恵子を除くと、平出直美と岡崎真由美の二人だけが、苦労人というか、いわゆる……」

「お嬢様育ちではなかった？」

「そうです。俺が気になったのは、遺体が埋められた状況でした。自死を疑われた松本薫子は、野生動物が遺体を損壊できたわけですから、ぞんざいに土をかけた程度だったんでしょう。戸田雅子も然《しか》りで、この二人は森の入口の、比較的小さなサークルの中に遺棄されていた」

軽井沢の様子を思い出し、妙子は、

「そうね」

と、相槌《あいづち》を打った。百円玉の効能は、ブーブーとしつこく警告音が鳴らないことだ。

「発掘に立ち会ったからわかったんですが、小林陽子と呉優子の遺体は、どちらも縦穴に頭から突っ込まれていましたよね？」

妙子はその時の様子を思い起こした。確かに、二人の遺体は頭を下にして、くの字に折り曲げられるように落とされていた。

「対して平出直美は、横穴に仰向《あおむ》けで寝かされていたわね。両手を組んで、両足を揃えて」

「ええ。正しい埋葬の仕方って感じじゃなかったですか？」

「言われてみれば……」

つまり、厚田は何を言いたいのだろう。

「聞き込みでわかったことですが、お嬢様たちは素行がよろしくなかったようです。小林陽子も然《しか》りで、学校では結構幅をきかせていたようですし」

「いるわよね、そういう娘《こ》。親の前では従順で、隠れて羽目を外しちゃうタイプ」

「こう言ってはなんですが、大人の評価と友人たちの評価が違っている部分もありました」

でも、だからって、あんな目に遭っていいはずはないんですけどねと、厚田は続ける。

「俺が思ったのは、被害者たちの殺害理由は、微妙に違っていたのじゃないかってことです」

「私も今、そう思ったわ。少なくとも平出直美に対しては、愛情があったように思える。彼女の口の中の詩には、どんなことが書かれていたのかしら」

「一応科捜研に回ったようですが、デロデロのドロドロでしたからね。読めるかどうか」

「その詩は芸術家が書いたものよね？」

「こちらでも調べてみましたが、既刊の詩集などに、同じ詩はありませんでした」

「当たり前だわ。あんな素人が書くような……」

言いかけて、妙子は思わず受話器にしがみついた。

「ねえ。平出直美と峯村恵子。二人が入っていたという同人サークルはどうかしら。もしかして、芸術家との接点がその同人誌だったとしたら？　そこに、あれを書いた詩人がいるとか」

「あっ」

と、厚田も奇声を上げた。

「既刊の同人誌を調べてみます。メンバーもしらみつぶしに当たってみますよ。何かわかったらご連絡します。それじゃ」

まだ幾らかの通話料を残して、厚田はさっさと電話を切った。受話器を置いても、やはり釣り銭は戻ってこない。「やれやれ」と、ぼやくのも束の間、妙子のポケットでベルが鳴る。ゼロ四つ。死因究明室からの呼び出しだ。キスマークがついていないか確認するため、妙子は女子トイレへ駆け込んだ。

最近は虫カゴと死因究明室を行ったり来たりしているので、自分がどの研究室に所属しているのか混乱することがある。ドアを開けて中に入ると、検査技師の町田が待っていた。

「帰って来た来た。石上さん、緊急の用件が三つです」

町田はそう言ってニヤニヤ笑う。心に疚《やま》しいところのある妙子は、思わず両手で髪を直した。

「ひとつは、これ」

町田は部屋の奥を指さして、「ジャジャーン！」と、言った。

「ついに、死因究明室にもカラーコピー機が入りました！」

「本当？　すごいわ」

妙子は本心から歓声を上げた。朝から室内がバタバタしていた理由は、これか。数人の研究員がコピー機に取り付いて、試運転をしているようだ。

すよ」

「両角教授が予算を引っ張ってくれたおかげです。これで資料整理がカラーでできま

「ＯＨＰフィルムの作成もできるのね」

「ええ。そんなこんなで、教授は今、学長のところへお礼を言いに行ってます。あと、二つ目がこれ。ゲノム診療部から預かってきました。あの外国人が依頼した分みたいです」

妙子が書類を受け取ると、

「ていうか、聞きましたよ聞きましたよ？　さすがは石上さん。ニュースで騒いでる三遺体。あれって、虫から出たヒトの血液情報で、別の遺体を掘り当てたっていうじゃないですか？」

と、訊《き》いてきた。大学は、朝からその話題で持ちきりなのだと町田は付け足す。

「両角教授が学長のところへ行った、本当の理由がそれみたいですよ」

「どういうこと？」

「決まっているじゃないですか。法医学部に、もっと予算をつけてもらうんですよ。もしかすると、こっち専用のＤＮＡ鑑定装置とか、入れてもらえるかもしれないじゃないですか」

「あれ、いったい幾らすると思っているのよ」

「一千万円超って聞きましたよ？　安いものだと思いますけど。生活の平和と安全の為ならば……それはともかく、三つ目ですが」

町田は言って、自分のデスクからメモ用紙を持って来た。

「えぇーっと……電話が欲しいそうです」

「厚田刑事？」

「いえ、そうじゃなくって、ライターの千賀崎って人です。急いでるっていうんでポケベルを鳴らしたんですが」

渡されたメモに書かれていたのは、見覚えのない電話番号だった。面倒だと思いながらも、妙子はそこに電話した。

「はい。喫茶店アマンです」

若い女の声が答えた。

喫茶店アマンは、芸術家が少女らと密会していた場所である。そこになぜ千賀崎が？　考えると胃が痛んだが、妙子は千賀崎を呼び出してもらった。

小銭の心配をしなくていいのが、固定電話のありがたいところだ。しかも通話料は大学持ち。待つ間、妙子は火のない煙草を口に咥《くわ》えて、自分の心を落ち着かせた。

「先生。すみませんねえ、お忙しいのに。ああ、それと、昨日はどうも」

電話に出るなり千賀崎は、あの厭《いや》らしい笑い方をした。

「本当に忙しいんだけど」

妙子は冷たく言い放ったが、いつもながら、それで怯《ひる》むような相手ではない。

「え、時間はとらせません。今ね、例の喫茶店に来てるんですよ。どこか、もう、ご存じですよね？　この前の店とは違って、ここのコーヒーはなかなかの味ですよ」

「よかったじゃないの」

「相変わらず冷たいなあ」

と、溜息《ためいき》交じりに千賀崎は嗤《わら》う。

「もっとも、そういう女でもなきゃぁ、人間を解剖するなんて、できませんよねえ？」

カチンときて妙子は声を荒らげた。

「何が仰《おつしや》りたいんです？」

「言葉通りの意味ですよ。どんな感じなんですか？　人間を切り刻むのは。今度、取材させてもらえませんかねえ？」

「あなた、頭がおかしいんじゃないの」

町田が心配そうにこちらを見たので、妙子は町田に頷《うなず》いて、心配ないわと背中を向けた。

「用がないなら切りますけど」

「カローラ1500SE、白のサルーンリミテッド。持ち主の電機屋は、捜査に協力してくれないそうですね？」

千賀崎のこういうやり方が、大っ嫌いだと妙子は思った。

「千賀崎さん。何か勘違いしてらっしゃるみたいだけど、ここは大学よ、警察じゃない。情報を持っているのなら、警察に電話して。切るわよ」

「息子ですよ。エレックマツザキには、隠された息子がいるんです」

切ってやろうと振り上げた受話器を、妙子は再び耳に当てた。

「ねえ石上先生」

千賀崎は甘えるような声を出した。

「戸田雅子さんの母親が、助けを求めて来たのは自分なんです。母親は警察に捜索願を出した。それでも埒《らち》が明かないから、自分に相談してきたんですよ。こっちも意地がありますからね。直接警察にたれ込むわけにはいかない。だって、そうじゃないですか？　警察がすぐに捜査を始めていたら、彼女を救えたかもしれないんだから。あなたは、女だてらに法医学者を目指していて、国家試験も、研修も、大学院への進学も、すべてストレートでものにしてきた。それほど優秀な石上先生だからこそ、わかってくれると思ったんですがね」

何をわかれっていうのよ。そう言ってやる代わりに、妙子は肩を怒らせて、溜息をついた。

心配した町田が寄って来て、

「電話、代わりましょうか？」と、訊いてくれた。

妙子は唇だけ動かして、（いいわ。だいじょうぶ）と、町田に伝えた。

「隠された息子って何のこと？　エレックマツザキには店を手伝っている娘さんがいて、子供は彼女一人と聞いているわ」

受話器に「ふふん」と、呼吸が当たる。千賀崎が、してやったりと嗤っているのだ。

「エレックマツザキの社長の久保埼って男は、今の女房と再婚なんですよ。女房の方は、まあ初婚で、先生がいう娘ってのは、確かに二人の間にできた子ですが、女房のキヨイにはもう一人、最初の夫との間に息子がいるんですよ」

「最初の夫ですって？」

「キヨイは初婚ってことになっていますが、もともと水商売をやっていて、久保埼と出会う前に事実婚の夫が何人かいたらしいです。子持ちを隠して結婚したようですが、息子と縁は切れておらず、久保埼に内緒でずっと援助を続けています。久保埼が警察の捜査に応じないのは、妻のキョイを疑っているからなんですよ」

「妻を？　どうしてそうなるのよ」

「アリバイですよ。件《くだん》の車はキョイも運転するんです。被害者の死亡推定日時と、キョイが車で外出した日が一致するから、久保埼も妻を疑っているんでしょう。女房が殺人に関わっていたなんてことになったら、店を畳まなきゃならなくなりますからね」

「犯人は男なのよ」

千賀崎はせせら笑うかのように声を震わせた。

「もちろんです。キョイが息子に車を貸したんだ。私はそう睨《にら》んでいます。この、アマンって喫茶店ですがねえ、キョイが息子と逢《あ》い引きするのに使っていた店なんです。もちろん息子が小さな頃にね。ついでに言うと、近くにある田園って洋食レストランも、同じ理由でキョイが使っていた店です。警察の聞き込みはあまっちょろい。キョイは息子をボクちゃんと呼んで、ここで好きなものを食べさせて、ねだられるままに、夫からくすねた小遣いを与えていたんですよ」

「どうしてそんなことを」

「知っているかって？ そりゃ、調べたからです。警察よりもずっと早くから、ずっと真剣に、彼女たちの行方を追っていたからですよ」

「息子の名前もわかっているの？」

妙子が訊くと、千賀崎はしばらく無言になった。電話の奥で音楽がする。喫茶店アマンにかかっているクラシック音楽のようだった。

「あ。え？ 何か言いましたか？ すいません、社からポケベルが、それじゃ、また」

「ちょっと待って」

今度は妙子が追う番だったが、千賀崎は電話を切ってしまった。

「大丈夫ですか？」

と、町田が訊《き》く。片手に受話器、唇には火のない煙草、さっき町田から受け取ったジョージの書類を見下ろして、妙子は静かに受話器を置いた。

「大丈夫よ。町田さん、コーヒーもらえる？」

こめかみを揉《も》みながら妙子が言うと、町田は人なつこく微笑みながら、

「いいですよ」

と、立って行った。町田のインスタントコーヒーは町田の私物だ。それを何杯も頂《ちょう》戴《だい》しているから、明日にでも新しいのを買って来て、プレゼントしなくちゃと妙子は思い、思いながら椅子に掛け、ジョージのゲノム鑑定書類を引き寄せた。

表記はParamacronychiinaeとあり、検体はヤドリニクバエのようだった。

「今回の事件に関わる検体とは、別物なのね」

と、妙子は呟《つぶや》き、鑑定書をデスクの奥へ遠ざけた。

厚田が持って来た検体にも蛆虫《うじむし》はいたが、幼虫段階では種類の見分けがつきにくく、ヤドリニクバエと限定できない。書類に種が明記されているということは、ヤドリニクバエとわかった上で検査に回したことであり、厚田の検体ではあり得ない。ジョージは何のゲノムを調べたのだろう。考えてみたが、心当たりはない。

町田がコーヒーを淹《い》れてくれ、妙子は感謝してそれをすすった。

やっと『人間』に戻れた気がする。そう思うそばから、それでは、さっきまで自分は何だったのかと考える。認めるのは厭《いと》わしいことだが、ただの『女』だったことに間違いはない。悩ましき思慕の想いと、四肢を蝕《むしば》む恋の苦しみを身に纏《まと》い、犬の心と不実の性《さが》を持つ女。

「その名はパンドラ……」

彼女が開けた物を、妙子はずっと『箱』だと思っていた。だが、原文では『甕《かめ》』だったと知って、妙に納得したものだった。甕は女性の子宮に似ている。その器官で、女性は命を育《はぐく》むのだ。そう考えると、犯人の母親は、あらゆる災厄を世に放ったパンドラに等しい。妙子は自らの痴態をパンドラに重ね、自己嫌悪で総毛立った。恋に恋して被害に遭った少女たちもまた、『女』だったか。二十七にもなる自分に比べて、彼女たちはたったの十代だったけど、悩ましき思慕の想いと四肢を蝕む恋の苦しみを、確かに纏っていたのだろう。犬のような性さえも。

早く千賀崎の情報を厚田に与え、犯人を捕まえなければならないと、妙子は自分を励ました。カラーコピー機の前で興奮している研究員にジョージの書類を手渡して、OHPフィルムにコピーして欲しいと頼み、その隙に厚田へ電話を掛けたが、彼は同人サークルを調べに行くと言ったとおりに留守だった。

「ああ、ちょっと。石上って、東大法医学部の石上さん？」

折り返し連絡させますと言った後、西荒井署刑事部の電話窓口に出た男はそう訊いた。

「そうですけど」

「私です。以前、厚田と一緒にお邪魔した、西荒井署の照内ですよ」

「ああ、ぎっくり腰の……」

一瞬の間を開けて、

「お喋《しゃべ》りめ。厚田が話したんですな？」

と、照内は言った。

「お体の調子は如何《いかが》です？　医学的見知からアドバイスしますと、椎間捻挫《ついかんねんざ》は最初が肝心です。安静と冷却を心掛けてください」

「いや。腰はもう、そこそこ平気になりましたんで」

「でも、繰り返すと癖に……」

「それよりも、石上先生」

すっかり先生にされてしまったと思いながら、逆らわずに「はい」と、聞き返す。

「厚田にどんなご用件で？」

そこで妙子は、千賀崎から電話があったこと、その内容が、エレックマツザキのキヨイ夫人の隠し子を調べるよう、暗に警察へ連絡して欲しいというものだったことを打ち明けた。

「つまり、なんですか？　キヨイ夫人が隠し子に、夫のカローラを貸していたってことですか？」

「そんなニュアンスでした。久保埼社長が捜査に非協力的なのは、夫人が事件に関与しているのを疑っているからじゃないかと。ちなみに、喫茶店アマンとキッチン田園は、どちらも夫人と息子の思い出の店だということでした」

「そうか……被害者とベレー帽の男ばっかり追いかけていたから、他の情報が入ってこなかったということか」

照内は呟いた。

「でも……それをどうして、俺たちじゃなく先生に話したんですかねえ?」

「千賀崎記者が言うには、戸田雅子さんの捜索願が出たときに、警察が捜索しなかったからだと。早く捜索していれば、彼女は死ななくてすんだかもしれないと言っていました。ただ、これは私の主観ですけど、彼は自分の調査能力の方が警察よりも上だと誇示したいんだと思います。警察に直接情報提供をすれば、彼の手柄だと証明してくれる相手がいなくなってしまうから」

「はあ、それがどうして先生だったんでしょうねえ?」

照内はねちっこく訊いてくる。

まさか自分と千賀崎が共謀しているとでも思うのか。妙子は幾分か気分を害した。

「そんなこと、本人に訊いたらいいでしょう」

「いやいや、何も先生を疑っているわけじゃ、ありませんや。松本薫子の頬に貼り付いていた紙片を見つけてくれたのが先生ですし、先生はベレー帽の男じゃありませんから」

「当たり前です」

確かに、千賀崎がなぜ自分に連絡をよこすのか。それが妙子も不思議ではあった。そもそも自分が彼女たちの司法解剖に関わっていると、千賀崎はどこで知ったのだろう。両角教授や新井助教授のように大学名簿に名前があるならいざ知らず、自分はただの大学院生だ。千賀崎はなんと言っていただろう。国家試験も研修も、大学院への進学も、ストレートだと言わなかったか。なぜ、そんなことまで知っているのか。

「照内さん」

今度は妙子が訊く番だった。

「千賀崎って人は、どういう人間なんですか？」

「あの記者ですか？」

照内はしばし言葉を止めた。おそらく手帳を確認しているのだ。刑事というのは、聞き込みの際にどれほどの情報を収集するのだろう。例えば聴取に応じてくれた相手のことを。

わずかあと、照内は教えてくれた。

「いや……大したことはわかりませんがね、千賀崎清志、年齢は三十二歳。出身は埼玉で、独身。因果な商売だから結婚する暇なんかないって言ってましたがね。週刊トロイのほか、複数の会社と契約して記事を書いてるってことでして、要するに、ネタを探して売り込みをするフリーのライターなんですなあ。各社の名刺を十枚くらい持ってましたからね」

もしかしたら、大学の季刊誌などにも関わっていて、教授の代わりに原稿を書いているのかもしれない。そういう業者は結構多いし、そこで自分を知ったのかも。

「いや、ありがとうございました。もちろん厚田にも伝えますがね、私もすぐに、キヨイ夫人のことを調べてみますわ」

どうもどうもと言いながら、照内は電話を切った。その間に、ゲノム鑑定書のコピーも終わっていた。町田によると、用紙設定を間違えて、何枚か失敗してしまったという。カラーコピーは高額なので、失敗したOHPフィルムはこっそり捨ててくれないかと妙子に言って、笑った。

「これをゴミ箱に捨てておいたら、教授から大目玉を食らいそうですからね。非常勤の身分じゃ尚更《なおさら》にね、気まずいですよ」

「ありがとう、悪かったわね。じゃ、これは見つからないように」

そう言って、妙子はミスプリントを自分のデスクの奥に隠した。きれいにコピーできた分だけ持って、立ち上がる。

「虫カゴへ届けてくるわ」

国際共同研究棟と医学館の間を、一日に何往復するだろうと考えながら、部屋を出た。丸窓から見える空は久々に晴れて、洗濯をしてくればよかったと後悔する。

正直に言うと、こんなふうにぐずぐずするのは、どんな顔でジョージに会えばいいのかわからないからだ。ステディのような甘い関係では、まだ、ない。それどころか、彼を愛しているのかさえわからない。嫌いではないということが、心と体を開く理由になるのだろうか。

「遺体は毎日のように、ひらいているのに……」

――もっとも、そういう女でもなきゃぁ、人間を解剖するなんて、できませんよねえ？――

当てこすりのような千賀崎の声を思い出す。

遺体が好きで、解剖が好きで、法医学者になる女。人は自分をそう思うのだ。

「嫌いでは、ない」

と、妙子は自分に言った。

仕事が何かの成果を上げる限り、司法解剖も、それにまつわるあれこれを研究することも、学ぶことも、嫌いではない。でもそれは、『好き』という感情とは別物のような気がする。腐乱遺体がどんな臭いを発するか、想像してみるといい。腐敗した遺体がどれほど危険か、普通の人間にわかるはずはない。

遺体もまた人であり、死ねば等しく同じ状態を迎えることを知っているなら、妙子が目指す立場の行為を個人的嗜好《しこう》の範疇《はんちゅう》に置き換えるなんて出来ないはずだ。

軽井沢で、虫だらけの遺体を掘り起こしていた警察官の姿を思い出す。肉に食い込んだ蛆虫《うじむし》を、一匹一匹ピンセットで取り去っていた彼らが見ていたものは、腐乱遺体ではなく、生前の被害者だ。こんな姿になるために、生まれて生きて来たわけじゃないと、おまえらに喰《く》われるために生きて来たわけじゃないと、遺体の声を聞きながら、遺体がして欲しかったことをしていたにすぎない。

人間だから。みんな等しく人間だから。

パンドラで結構。と、妙子は思った。遺体好きの変態法医学者で結構。と、妙子は息を吸い込んだ。犬のような性《さが》を持つ愚かで狡猾《こうかつ》な女という生き物であっても、自分は彼らと同じ仕事をしている。つまりは、

「声なき遺体の声を聞き、生ある者にそれを伝えよ」

妙子は空に呟《つぶや》いた。若い厚田の真っ直ぐな瞳《ひとみ》が頭に浮かび、彼女は、「よし!」と、自分に言うと、法医学者の顔をして、虫カゴへ歩き始めた。

六畳一間のアパートに、妙子が戻ったのはその夜だった。

設備は簡易キッチンと、トイレと一緒になったサニタリースペースのみ。湯船は狭いが、時間を気にすることなく体を沈められるのはありがたい。真夜中のシャワーは、隣に音が洩《も》れるのが気兼ねで使えない。膝《ひざ》を抱えるようにしてバスタブに浸かり、妙子は両足の指をゆっくり揉《も》んだ。

様々なことが頭に浮かんでくるけれど、何ひとつ解決せずに消えていく。妙子は自分が女だったと認識させられたことよりも、事件の方が気に掛かっていた。

少女たちはなぜ殺されたのか。

厚田は言った。軽井沢の森を捜索したが、他の遺体は出なかったと。

キッチン田園のウェイトレス、岡崎真由美はどこにいるのか。

それとも彼女は共犯か。

湯気の向こうに見えるのは、バスルームの色褪《あ》せた壁だ。けれど妙子は壁を見ながら、脳内スクリーンの映像を観ていた。松本薫子の頭蓋骨《とうがいこつ》。戸田雅子の死体検案書。司法解剖した峯村恵子。森から掘り出された三人の遺体。

犯人の心理はよくわからない。けれど女の心理なら……

ザブンと湯船に顔をつけ、仰向《あおむ》いて、両手で顔を執拗《しつよう》にこすった。

「女の心理なら想像がつく。では、男はどうなのよ」

ベレー帽の男は赤羽駅の周辺で少女たちを物色していた。何のために？　性欲を処理する相手として？　もしくは絵のモデルを探して？

被害者たちの生前写真を思い出してみる。身長も、体重も、髪型も、取り立てて共通するところはなかった。犯人は、手当たり次第に被害者を選んだのだろうか。

「共通するのは、行動範囲と、性別と、全員未成年だったというところ」

その時、頭の奥で千賀崎が喋《しゃべ》った。

――キヨイは息子をボクちゃんと呼んで、ここで好きなものを食べさせて、ねだられるままに、夫からくすねた小遣いを与えていたんですよ――

バスタブの縁を両手で摑《つか》み、思わず妙子は立ち上がった。

壁に掛かったタオルを摑み、体に巻いてバスルームを出る。深夜一時三十分。西荒井署の刑事課に、厚田はまだいるだろうか。なぜなのか、厚田はいると確信できた。簡単な部屋着を引っかけて、妙子は財布をかき回す。厚田の名刺と小銭だけ持って、サンダル履きでアパートを出た。固定電話を引かなければと思いつつ、面倒でそのままになっているのが、こういう時に悔やまれる。もっとも、頻繁に電話し合う相手などいなかったのだ。今までは。

空には切り取った爪ほどの細長い月が浮かんでいた。生ぬるい風が強く吹き、雲が激しく流れていく。大家の庭に生えている夏みかんの樹がゆさゆさ揺れて、侘《わび》しい電灯の光もまた、震えるように揺れていた。数軒先のたばこ屋に公衆電話が置かれている。その場所だけがわずかに明るく、あとは暗闇に沈んでいた。妙子は一目散に公衆電話を目指した。ヒールと違ってサンダルは、パクパクと踵《かかと》を叩《たた》く音がやかましい。

受話器を外し、コインを入れて、西荒井署の番号をプッシュする。

「こちら西荒井警察署、刑事課です」

案の定だ。電話は厚田につながった。声を聞くだけでそれがわかる。

「東大法医学部の石上です」

名乗ると厚田は面食らったようだった。

「先生、いったいどうしたっていうんです。こんな時間に」

厚田の後ろでは大勢の声がしていた。こんな時間に署内は慌ただしい様子らしい。妙子は部屋着の襟元をかき合わせた。寒くはないが、洗い髪から滴るしずくが肩を濡《ぬ》らして染みていく。

「エレックマツザキの奥さんの隠し子だけど、素性はわかった？」

「え……」

と、厚田は絶句した。それから、ことさら声を潜めて、

「どうしてですか？」

と、囁《ささや》いた。もちろん警察官にも守秘義務がある。捜査の内容をべらべら漏らすようでは、この若い刑事に未来はない。そんなことは百も承知で、妙子は続ける。

「ちょっと気付いたことがあるの。犠牲者が全員未成年者だったってこと」

「ええ。それで？」

「千賀崎記者の話では、エレックマツザキのキヨイ夫人は、内縁の夫に残してきた息子を溺愛《できあい》していたということだったわ。息子をボクちゃんと呼んで甘やかし、車を貸して、小遣いを与え、今も援助し続けていた」

「はい」

「つまり、彼女はマザコン息子を育てていたってことなのよね？　ボクちゃんと呼ば

れた息子が、今何歳か知らないけれど、そうした男性の特徴として、年上の女性に激しい憧《あこが》れを持つか、逆に苦手意識を持ってしまうか、いずれにしても犯人は、成熟した大人の女性を相手にできないタイプだったのではないかって」

厚田が無言でいるから、その奥のざわつく音が妙子に聞こえた。

──あたしじゃない！　調べてもらえばわかります──

ヒステリックな女の声が叫んでいた。まあまあとなだめる男の声もする。

「なんだか取り込み中のようじゃない？」

「ええ、まあ」

と、厚田は言葉を濁す。その奥で、──車は、『ボクちゃん』に貸したのよ。だからあたしは何にも知らない。お願い、亭主には黙っていて──と、ヒステリックな女が言った。

「まさか……キヨイ夫人が来ているの？」

「誰とは言えませんがね。錯乱した女性が騒動を……」

厚田はそこで言葉を切って、

「夫に見限られると思ったら、溺愛していた息子も売るようですぜ」

と、静かに言った。厚田は続ける。

「黎明文学会の同人誌を、早速調べてきましたよ。そうしたら、三月発行の巻に例の詩が載っていました。先生のおかげです」

「えっ、ゲーテとダビデの？」

プー、と、警告音が鳴ったので、妙子は十円を追加した。残りの小銭は三枚しかない。

「そうです。投稿者は無我流転《むがるてん》。あれらの詩は、連作の一部だったんです。無我流転というのはもちろんペンネームですが、会員名簿の名前は今井達二郎《たつじろう》です」

「今井達二郎。何者なの？」

「調べてみましたが、そういう人物はいませんで、少女たちに使ったように、嘘八百の偽名だと思います。詩が掲載された経緯ですが、殺害された平出直美が掲載料を添えて届けてきたものだということでした。詩には下手くそな挿絵があって、これは平出直美が描いたものではありませんでした。むしろ平出直美似の、髪の長い少女の絵で」

「じゃあ、やっぱり、それがベレー帽の男で、平出直美と交際していたってことなのね」

「ただ、先生もご存じの通り、平出直美はショートカットです。額装の作業で邪魔になるので、髪は短かったそうなんです」

「詩のイメージにあわせてロングヘアにしただけかもしれないわ。芸術家は、あり得ない理想を追い求める夢見がちな男だったようだから」

プー。と、また音がして、妙子は公衆電話に小銭を全部投入した。

「キヨイ夫人の息子が今井達二郎？」

「それもこれからわかるでしょう。錯乱した女性は、白いカローラで署に来ていますんで」

厚田としては精一杯の誠意を見せたつもりだろう。それがわかったから妙子は引いた。どうやら事件解決は目前のようだ。

「わかったわ。それじゃ、がんばって……」

「感謝してます。ああ、先生」

厚田は、思い出したように付け足した。

「どこから掛けてくれているのか知りませんが、こんな時間です。気をつけて帰って下さいよ」

「わかっているわよ」

そう言って妙子は受話器を置いたが、心なしか、見上げた月を明るく感じた。

第七章　パンドラの甕《かめ》

翌日はまた雨で、妙子は目深に傘をさし、赤門前へ向かっていた。バス停のそばを通ったとき、水たまりに煙草の吸い殻が固まっているのを目にしたが、気にすることなくその横を通り過ぎた。

吸い殻を踏んでいた革靴が、ひかれるようにこちらを向いた。

デジャブを感じた。いつかどこかで、同じシーンを目撃した気がする。

そうだ。デジャブの原因は、千賀崎に「石上先生」と、声を掛けられたことにある。

歩く速度を緩めてみたが、今日は誰も声を掛けない。妙子は赤門をくぐって構内に入り、入りながら、ふと思った。

犯人の身長を、厚田は一七八センチ程度と言った。アマンの入口ドアにベルがついていて、ベレー帽すれすれにベルがあったと。妙子の身長は一六三センチだ。ヒールを履くと一六八センチ。自分より十センチ高い犯人はどれ程か。歩きながら、妙子は

一七八センチの位置を視線で探り、するとなぜだか千賀崎の顔が思い浮かんだ。大股《おおまた》で先を急いで、並木の下にさしかかったとき、

「石上先生」

やはり、また千賀崎の声がした。

半分人を喰《く》ったような、鼻先で嗤《わら》っているような、スカした声だ。妙子は足を止め、どんな顔で振り向いてやろうかと考えながら、しばしその場に佇《たたず》んだ。

雨は激しく、跳ね返す水が踝《くるぶし》を濡《ぬ》らし、千賀崎の靴音が近づいてくる。肩に手を掛けられたら振り払ってやろうと身構える。けれども、そうはならなかった。

「今日はお別れに来ましてね」

ようやく妙子は振り向いた。言葉の意外性に虚を突かれたからだった。

さっき想像していた位置に千賀崎の顔があり、安物のビニール傘の奥から、彼は妙子を見つめていた。テトロンの黒いジャケットを着て、傘を持たない方の手をポケットに入れている。

悲しみとも皮肉とも取れる顔つきで、千賀崎は微笑んでいた。その数メートル後ろに黒い傘を差した人影がある。学生だろうと思ったが、千賀崎を待つように灌木《かんぼく》の後ろに立って動かない。今日の千賀崎は連れまで伴ってきたようだ。

「お別れ?」

睨《にら》み合うだけでは埒《らち》が明かないので、妙子は訝《いぶか》しみながらも訊《き》いてみた。

その一方、心の中で、そうか、犯人はこの程度の身長だったかと考えていた。

千賀崎は、「ふふふ」と、嗤った。

「急にフランスへ発《た》つことになりまして。先生が警察に連絡してくれたおかげで、事件もどうやら解決しそうですしねえ」

「そうなの。それはお疲れ様」

フランスへ行くなんて戯言《ざれごと》だと、妙子は思った。興味を引く会話で足止めする、いつもの手だ。

「お元気でね、それじゃ――」

踵《きびす》を返すと、案の定、千賀崎はその先を続けた。

「待って下さいよ、石上先生。餞別《せんべつ》に、ひとつだけ教えて欲しいことがありましてね? 人間には、喉仏《のどぼとけ》と呼ばれる骨があるそうなんですが、それって、どこの骨ですか?」

「のどぼとけ?」

雨が激しく足下を叩《たた》く。妙子は振り向いて、千賀崎の表情を読もうとした。彼は泣きたいような顔をしていた。

「喉頭《こうとう》隆起のことをいってるの？　それとも、火葬場で、仏の骨として拾う軸椎《じくつい》のこと？」

「火葬場で拾う骨ですよ。仏の形をしているという。それって、どこの骨なんですか」

「どうしてそんなこと」

安物のビニール傘の奥で、千賀崎の目が光る。違う。目が光っているんじゃない。泣いているんだと、妙子は知った。千賀崎は唇を嚙《か》みしめて、ハラハラと涙を流していた。泣きながら、その目に怒りを宿している。ポケットに突っ込んだ手が微《かす》かに動き、その瞬間、妙子は、自分がベレー帽の男と対峙《たいじ》していることに気が付いた。

身長一七八センチ。どこといって特徴のない平凡な顔。成熟した女性を恋愛対象に選べないくせに、少女には母性を求める歪《ゆが》んだ価値観。詩人とライター、ロマンチストのマザコン男。彼は母親が『ボクちゃん』を裏切ったことを知ったのだ。

「連れて行くためですよ」

鬼気迫る表情で千賀崎は言った。口角に泡を浮かばせて、ジリジリと妙子に詰め寄ってくる。

「真由美を連れてフランスへ行く。日本へは二度と帰ってこない。どれが喉仏の骨なんだ。教えてくれ、先生」

ポケットに入れた手に、千賀崎は何を握っているのか。考えながら妙子は後ずさった。視界の奥で黒い傘が動く。あれはたぶん共犯者だ。彼らは私に、岡崎真由美の遺体を見せるつもりだ。喉仏の骨を拾うために。拾って、どこかへ逃亡するために。

どうやって身を守る？　傘は凶器になり得るだろうか。

咄嗟《とっさ》に妙子が身構えた時、奥の人影は傘を捨てた。

「あなた……」

おかしい、ちがう。黒い傘が地面に落ちたその瞬間、人影は、雄叫《おたけ》びを上げながら突進してきた。腰の辺りで、何かが鈍く光っている。

「危ない！」

妙子は千賀崎に叫んだが、千賀崎を庇《かば》うことはできなかった。人影と千賀崎は激しくぶつかり合って、静止した。

千賀崎はビニール傘を取り落とし、両手で抱くように相手を摑《つか》んだ。相手は若い。あまりに若い、ここの学生くらいの年齢に見える。けれどその目は充血し、激しく千賀崎を睨んでいた。青年はわずかに体を引くと、再び千賀崎にぶつかった。雨に混じって足下に、どす黒い血が滲《にじ》み出す。ぶつかったのではない、刺したのだ。

一度、二度、三度、四度。五度目に彼が体を引くと、千賀崎は膝《ひざ》からくずおれて、うずくまるように地面に屈《かが》んだ。

胸の辺りを血で濡らし、青年は呆然《ぼうぜん》と、持っていた牛刀を地面に落とした。

「きゃあーっ！」

と、誰かの叫び声がした。赤門の前で学生たちが、遠巻きにこちらを見つめている。

我に返って、妙子は千賀崎に飛びついた。

「救急車！　いえ、だれか病院へ連絡を！」

青年は逃げもせず、雨の地面に膝を折り、震えながら千賀崎と妙子を見ている。

「千賀崎さん、千賀崎さん、しっかりして」

上着を脱いで腕に巻き、妙子は千賀崎の患部に押し当てて、抱き起こした。そして即座にダメだと思った。千賀崎は血まみれの手を妙子に向けて、

「強姦《ごうかん》……して……な……」

と、言った。言いながら夥《おびただ》しく血を吐いて、蠟燭《ろうそく》が消えるように事切れた。

吐血が妙子の頰に飛び、滴る雨に滲んで流れる。地面に溢《あふ》れる鮮血が、暴漢の膝下へも流れ込む。妙子が顔面に浴びた血も、シャツに粘り付く血も、目の前で死んでい

く千賀崎も、何も見ていない表情の彼は、やはり学生のような青年だった。右手をざっくり切っていることに、気が付いてもいないらしい。千賀崎を何度も刺したから、凶器が血で滑ったのだ。

器用に足を伸ばして牛刀を蹴《け》り飛ばしてから、妙子は訊いた。

「あなたは誰？」

青年は瞳孔《どうこう》の開ききった目を妙子に向けた。

血まみれで、鬼のような形相をしている。

「……柴田……六朗……」

と、彼は答えた。

「自首します」

「もしかして神田ジュエリーの……峯村恵子さんの婚約者？」

青年は頷《うなず》いた。

「月末に、結婚式を挙げる予定でした」

赤門から飛んで来た警備員が牛刀を拾い、応援を呼んだ。

慌ただしく男たちが走って来、叫ぶ声がして、人垣が築かれていく。パトカーのサイレンも聞こえて来る。妙子は雨の中で千賀崎を抱き、彼の体が冷えていくのを感じていた。命がないのに、遺体はまだ温かい。わずかの間は、まだ、こんなにも温かいのだと考えながら。

「どうしてこんなことをしたの」

「どうして？」

柴田六朗は顔を歪めた。瞳孔が閉じて人間らしい見た目になったが、その顔は半分笑っており、半分が泣いていた。肩を震わせ、引きつけたようにしゃくりあげ、やがて柴田は絶叫した。

「決まってるだろう、こいつが恵子を殺したからだ。こいつが！　こいつが、恵子を殺したからだ！　恵子、恵子を……」

警備員が警察官を連れてきた。彼らは柴田を取り囲み、何事か言いながら両腕を摑んで立ち上がらせた。それでも柴田は叫び続ける。絶叫がもはや言葉の体を成していなくとも、妙子の耳は柴田の声を、必死に、懸命に追っていた。

「恵子は直美ちゃんの相談に、のってあげてただけだった。直美ちゃんと連絡が取れなくなって、だからこいつに、話を訊《き》きに行っただけなんだ。それを、こ……この野郎が……」

半狂乱の柴田が連れて行かれると、次には東大病院のスタッフが警備員の誘導でやって来た。妙子の横に屈み込み、「大丈夫ですか？」と、訊いてくる。

妙子は初めて、千賀崎と柴田以外の人間に目をやった。いつの間にか、自分は人垣の中央にいて、三つの傘が開いたまま落ちており、全身が水浸しで、膝に血液の温かさを感じた。人垣はほぼ学生たちで、その奥に大人の顔もあり、町田の姿が見えたと思ったら、すぐ消えた。

妙子は病院スタッフに頷いて、依然として千賀崎を抱いたまま、彼らが千賀崎を診るのを見守った。正直にいうと体が硬直してしまい、千賀崎から手が離せなくなっていた。

スタッフか、警察官か、誰かが妙子の脇に手を入れて、優しく腕を剝《は》がすまで、妙子は動くことすらできなかった。ようやく立ち上がった時、お気に入りのヒールが水たまりに浸《つ》かっているのが目に入った。頭の中では、柴田六朗の声が木霊《こだま》していた。

――こいつが恵子を殺したからだ……話を訊きに行っただけなんだ。それを――

「フランスへ……行く……」

千賀崎は確かにそう言った。

フランスへ……それはベレー帽の男が松本薫子を騙《だま》すのに使った言葉だ。

――仏の形をしているという。それって、どこの骨なんですか――

「大丈夫ですか？　あなたも一応、病院で検査を」

警察官がそう言ったが、妙子は彼を押しのけて、地面に放った鞄《かばん》を拾った。雨にもかまわず中をまさぐり、システム手帳を引っ張り出した。厚田の名刺と、千賀崎のメモがそこにある。数センチ四方の四角い紙に少女らの名前を書いたリストだ。鉛筆で、殴るように。

「あたしの……ばか……」

妙子は自分を叱りつけた。どうして気付かなかったのか。このメモは、少女たちの口にいれられていた紙片と同じサイズじゃないか。

「は？　なんですか？」

妙子は警察官を振り仰ぎ、彼に厚田の名刺を握らせた。

「西荒井署へ電話して、厚田刑事を呼んでください。この人、殺された男性は、厚田刑事が探していた犯人です。連続少女殺害事件の犯人、ベレー帽の男、『芸術家』だったんです」

――芸術家は、遺体遺棄現場を捜査する警察の、管轄区を変えたかった――

と、ジョージは言った。

峯村恵子の遺体が荒川まで運ばれた理由を推測していた時だった。

——誰かいたんじゃないのかな……芸術家が挑戦状を突きつけたかった有名人が。

もしくは、芸術家が憧《あこが》れている人物が——

今、妙子はようやく気が付いた。千賀崎は自分に、石上妙子にアピールしたかったのではなかったかと。けれど……

どうしてそれが私だったの？　妙子にはそれがわからない。

もはや骸《むくろ》となった千賀崎に、妙子は訊いた。もちろん千賀崎は答えない。

柴田に刺されて、千賀崎はポケットから手を抜いた。その拍子に、ポケットから女性用のストッキングがはみ出していた。おそらく少女たちの絞殺に使われたものだろう。斜めに仰向《あおむ》いたまま、冷たい雨に打たれ続ける彼の骸は、なぜなのか、とても穏やかな表情をしている。

彼はなぜ、と、妙子は思う。なぜ、ポケットに凶器を忍ばせていたのだろうか。

私は千賀崎の女じゃない。私たちの間には、恋愛感情など欠片《かけら》もなかった。それなのになぜ、彼はストッキングを持って私を待っていたのだろうと。

毛布に包まれ、両肩を抱かれて、妙子はその場を引き離された。千賀崎の遺体は雨に濡《ぬ》れ、現場検証が終わるまで毛布に包まれることはない。いや、死体が包まれるのは毛布ではなく、ビニール製の遺体収容袋だ。

いつの世も、死者の学問は生者のそれより軽んじられるものなのだなぁ。残念ながらね。と、頭の中で両角教授が嘆息した。

「石上先生！　大丈夫でしたか？」

ノックもそこそこに厚田が部屋へ入ってきた時、妙子は病院で検査を終えて、病衣でベッドに腰掛けていた。服も下着もびしょ濡れになったので、病衣の上にスタッフ用のカーディガンを羽織っている。本当は白衣を着ていたかった。そう思ったとき、妙子は初めて、白衣が自分に与えてくれる尊厳とプライドを知った気がした。白衣なしだと、自分がつまらないただの女に思えて心許《こころもと》ない。

「大丈夫、大丈夫。柴田六朗は、私には指一本触れなかったんだから」

厚田の後ろから照内も入って来た。もしかしたら両角教授も来るかもしれない。クリーニングに出した服が乾くまで誰とも会いたくないけれど仕方がない。

「いったい何があったんで？」

ベッドのそばに椅子を引き寄せ、厚田は照内より先にそこに座った。

「これ、事情聴取よね？」

厚田は照内を見上げた。照内も厚田の横に椅子を引き、腰掛けてくる。

「いや。今日の事件とは管轄が違いまして。正式な事情聴取は、本富士《もとふじ》警察署から署員が来ることになるでしょうな」

「まったく、警察って面倒臭いわね」

「お手数をかけます」

と、照内は頭を下げた。それはもう仕方がないので、妙子はとりあえず、厚田に伝えるべきことを伝えようと思った。

「千賀崎は赤門前で私が来るのを待っていたのよ。お別れの挨拶《あいさつ》がしたいと言って」

「お別れの?」

厚田と照内は視線を交わす。逮捕が迫っていることを、千賀崎は知っていたはずだ。

「フランスへ行くと言っていたわ」

「フランスへ行く、ですか」

「そう。真由美を連れてフランスへ行くと。そして最後に一つだけ、教えて欲しいことがあると」

「最後に一つだけ教えて欲しいことがある」

「厚田刑事はオウムみたい、私の言葉を繰り返すばかりね」

妙子は笑った。笑いたい気分では全くないのに、厚田といると調子が狂う。

「まあいいわ。訊きたいことは、喉仏《のどぼとけ》の骨はどこにあるかと」

「喉仏の骨はどこにあるか、ですか？」

またオウム返しに訊いてから、厚田は恐縮して頭を掻《か》いた。

「失礼ながら、そりゃ何です？　喉仏の骨ってのは？」

「男性の喉仏を言うんじゃないの。喉仏は軟骨だから、火葬すると燃えてしまう。彼が知りたかったのは、火葬したとき仏の形に燃え残る、通称喉仏、つまり軸椎《じくつい》。背骨の、上から数えて二番目の骨のことよ。仏が座禅を組んでいる姿に見えるから、喉仏の骨と呼ばれているの」

厚田と照内は難しい顔で頷《うなず》いた。千賀崎がなぜ、そんなことを知りたかったのか謎なのだ。

「話していたら柴田六朗が飛び出して来て、千賀崎を刺したのよ」

「柴田はどこから来たんですか」

「千賀崎に呼び止められたとき、後ろに黒い傘が見えた。動かずにいるから連れだと思った。だからたぶん、ずっと彼をつけていて、チャンスを狙っていたんだと思うわ」

照内は唇を引き結び、胸ポケットから手帳を出した。

「先生に電話で教えてもらった通り、キッチン田園と喫茶アマンはキヨイが息子と頻繁に利用していた店でした。もっとも、それは十五年以上も昔のことで、今はどちらも経営者が変わっています。キヨイの息子は現在三十二歳。名前は清志。キヨイは内縁の夫の暴力を恐れて、清志が二歳の時に失踪《しっそう》しましたが、すぐ息子を連れ戻しに来て、その後、子供のいなかった姉夫婦に養子に出しました。姉の夫は山上毫起《ごうたつ》という洋画家だったんで、養子縁組後、清志は山上姓になりました。彼らが当時暮らしていたのが、軽井沢です」

「じゃ、遺体遺棄現場のあたりに土地勘があったのね」

「ええ」

と、照内は頷いた。

「毫起は清志を跡取りにしようと思ったようで。頭がよかったので塾に通わせ、絵を教え、英才教育を施そうとした。ところが、養子に出した後もキヨイが頻繁に会いに来て甘やかすので、清志は姉夫婦に懐かない。清志が十歳になった頃、山上家は養子縁組を解消して、清志をキヨイに返しています。キヨイ姉妹の元々の姓が今井でしたので、今井清志になりました」

「今井も、山上も、彼が使った偽名のひとつじゃなかったかしら」

「その通りで」

と、厚田。照内は続ける。

「息子を引き取ってはみたものの、男頼みで生活しているキヨイに育てられるわけがない。清志は埼玉の児童相談所に保護されて、キヨイは親権を手放します。戸籍が戻り、最初に清志を認知した内縁の夫、千賀崎の姓になりました」

つまり千賀崎清志という名前だけは、嘘偽りのない本名だったということだ。

「二人が赤羽駅周辺でしばしば会っていたのはこの頃です。当時キヨイは足立区のスナックに勤めており、エレックマツザキの久保埼社長に囲われていた。キヨイと清志は東北本線を利用して、頻繁に落ち合っていたようです」

「それ、キヨイ夫人が話したの？」

妙子は訊《き》かずにいられなかった。千賀崎がなぜ自分に情報を与えようとしていたか、その理由がわかったように思えたからだ。厚田と照内は視線を交わし、照内の方が口をひらいた。

「昨夜遅く、久保埼キヨイが件《くだん》のカローラで署へ来ましてね。車のトランクから、毛髪、微物、軽井沢の土などが出ています。初めは知り合いに頼まれて車を貸しただけだととぼけてましたが、詳しく事情を聞くうちに、貸したのが息子だと白状しました」

雨の中、泣いていた千賀崎の顔が思い出された。

「どうして……」

「キヨイは五十四歳です。久保埼社長に見放されたら、生きていく術《すべ》がないそうで」

代弁するように厚田がこぼす。その表情は暗かった。

「久保埼社長は、捜査に非協力的だったと聞くわ。それは夫人を疑っていたからでしょう」

「まあ、だからキヨイは追い詰められて、置いてきた名刺を頼りに署へ来たんでしょうが」

深いため息を一つつき、妙子は膝《ひざ》に重ねた自分の手を見下ろした。

千賀崎の顔が頭を離れない。透明なビニール傘の奥で、千賀崎は泣いていた。息子に執着するあまり、手放すことも、守ることもできず、愛玩《あいがん》動物のようにただ可愛がるだけだった母親キヨイ。そんな彼女のことだから、出頭前に千賀崎に電話して、逃げろと伝えていたかもしれない。そうして彼は知ったのだ。母親があっさり自分を見放したことを。そうとも。彼は知ったのだ。最愛の母、たった一人の理解者であり、保護者でもあった母親が、自分より母親自身を守ろうとした、そのことを。

千賀崎は一心不乱に、ずっと母親を求め続けていたというのに。

「彼が私に情報を流した理由が、わかった気がする」

「え、そりゃまた、どうしてですか」

厚田が訊く。

「私に最初の電話がきたのは、戸田雅子さんの遺体が発見された直後だった。厚顔無恥にも自分の罪を記事にするくらいの男だから、その時は犯行に自信があって、ゲーム感覚だったのかもしれない。千賀崎は頭がよく、話術が得意で、人の心を操るのが上手《うま》かった。でも、捜査線上に白いカローラが浮かんで、母親の立場が危うくなると、私を誘導するようになった」

「誘導ですか？」

照内は首を傾げた。

「千賀崎は、母親を守ろうとしたのよ。たぶん」

「キヨイに疑いの目が向けられたからだって言うんですかい？　そりゃおかしい。それなら、自首すれば済む話でしょうが」

「刑事さんの言うとおり、母親が嫁ぎ先を追い出されないようにしたのだと思うわ。あの詩を読んだらわかるけど、千賀崎はロマンチストで、現実世界に生きていながら別の世界に身を置いているようなタイプだった。被害者を埋めた場所もそう。詩だって、とても三十二歳の男が書くような中身じゃなかった。養子先でなり損ねた画家を名乗り、詩人にもなり損ねて、ライターをやっていた。その辺の心理は複雑で、私は心理学者じゃないから本当のところはわからないけど、確かに千賀崎は、私を犯人へ誘導した。彼は、母親だけは守りたかったのじゃないかしら」

「ううむ」

と、厚田は顎《あご》をねじった。

「言われてみると、確かに。キヨイに隠し子がいることや、喫茶アマンや、キッチン田園のことなんか、千賀崎からの情報でしたね。記者ってのはそんなに鼻が利くのかと思っていただけでしたが、本人だから知っているのは当然だ。それにしても。わざわざ自分の立場が危うくなるような話を先生にしたってのは……」

厚田はそこで言葉を切って、

「淋《さび》しい男だったんですねえ。頭の天辺《てっぺん》から足の先まで、寒々とした悲しさを感じます」

と、しみじみ言った。

妙子は立ち上がって鞄《かばん》をまさぐり、雨に打たれた千賀崎のメモを取り出した。

「厚田刑事にはコピーだけ渡したけれど、これ、最初に会ったときに、千賀崎がくれた少女たちのリストよ。今さら気付くなんて本当に馬鹿だけど、この紙は、被害者の口に入れられていたメモと同じだと思う」

妙子はそれを厚田に渡し、

「今となっては確かめる術もないけれど、私にこれを渡したときから、彼は、自分をみつけて欲しかったのかもしれない。たぶん……これは、たぶんだけど、千賀崎はずっと、誰かに探して欲しかったんじゃないかしら。それは、公にキョイの誇れる息子になりたかったことの裏返しで、なりたい自分を夢想して、少女たちの前でだけ、そういう自分を演じていたのかもしれないわ」

「画家で詩人で政治的活動員って自分をですか？」

「なるほどねえ」

と、照内が頷《うなず》く。

「少しわかるような気もしますなあ。実は、被害者の他にもベレー帽の芸術家と交際していた少女が複数人いたようでして、犯人はセックスには比較的淡泊だったって証言を得ています。ただし、警察や教師や検察や、いわゆる権力ってやつには目を剝《む》いたということで、被害に遭わなかった少女たちは、いずれもそっと身を引いていたから助かったようなんですわ」

「攻撃されると激高するタイプだったのは間違いないから、気が強い少女たちだけが殺害されたってことなんですかねえ」

「……強姦《ごうかん》は、していない……」

妙子は、千賀崎が今際《いまわ》の際に言った言葉を口に出してみた。

「え？　なんですか？」

と、厚田が訊く。

「今際の際に千賀崎が言ったのよ。強姦じゃない、強姦はしていないって」

「それは嘘じゃなかったのかもしれねえなあ」

照内はそう言って、頭を掻《か》いた。厚田が何かあると頭を掻くのと、全く同じ仕草だった。

「私を電話で操るなんて、面倒な手段を講じて自首しなかったのも、同じ理由だったのかしら。母親が、甘やかす以外のことをしないから、いつも、いつも、自分に目を向けて欲しかった。誰かに犯行を匂わせて、誰かに心理を謎といて欲しいと願っていた。自分からではなく、相手からのアプローチを望んでいた」

「誰に……先生に？　なぜですか？」

厚田が訊く。そう。私にだ。と、妙子は思った。

「なぜ私だったかは、わからない。そこだけが未《いま》だにわからないけど、千賀崎は、私が司法解剖すると知って、警視庁の管轄内に峯村恵子の遺体を運んできたのじゃないかしら。峯村恵子は自分の女ではなかったから、解剖されてもかまわなかった」

「警察を呼び寄せる撒《ま》き餌《え》代わりに使ったってえことですか。人の体を」

うむ。と、照内は低く唸《うな》った。

「甘ったるい詩を読んだ時、柴田六朗は、すぐに黎明文学会の同人誌に載っていた詩だと気付いたそうです。でも、こっちには黙っていた。黙っていて、自分で調べて、無我流転、つまり今井達二郎が千賀崎であると調べをつけた。なぜなら千賀崎は恵子の友人平出直美と付き合っており、柴田もそれを知っていたからです」

厚田が続ける。

「峯村恵子は、平出直美の消息を訊《き》きに行って、千賀崎に殺害されたんです」

「だから彼女だけ遺体の扱いが違っていたのね」

「ご明察で」と、照内。

いや。遺体の扱いが違っていたのは彼女だけじゃない。丁寧に葬られていた平出直美。そして消息のわからない岡崎真由美。

千賀崎は、真由美をフランスへ連れて行くと妙子に言った。画家の養子になり、絵を教えられたが追い出され、ようやく母に引き取られるもまた離されて、千賀崎は施設で育った。その境遇は、天涯孤独だという岡崎真由美に似てはいないか。彼女は千賀崎が母と通ったレストランのウェイトレス。思い出の場所で出会って恋に堕《お》ち……

——喉仏《のどぼとけ》と呼ばれる骨があるそうなんですが、それって、どこの骨ですか？——

「厚田刑事。わかったわ」

妙子は思わず厚田の手を取った。

「え、なにがです」

「喉仏よ。千賀崎は、どんなところに住んでいるの」

「キヨイの息子だとわかってすぐに、署員を向かわせたが留守でした。まあ、ここで殺されていたんですから当然ですがね」

横から照内が口を出す。

「そうじゃない。どんな家に住んでいたかと訊いているのよ」

「え……まあ、町田《まちだ》市郊外の古い一軒家ですがね。三月の末から、そこを借りて住んでいたようです」

「その家には庭があるかしら？　もしくは床下、いえ、床下のはずがない、やっぱり庭よ、庭がある?」

妙子が言わんとしていることを察してか、照内は前のめりになってこう言った。

「ありました。男の独り暮らしのくせに、バラが植わった花壇がね」

「岡崎真由美さんの遺体はそこよ。彼はフランスへ高飛びする時に、彼女の喉仏の骨を掘り出して、持っていこうとしていたのよ」

厚田と照内は顔を見合わせ、同時に妙子を振り向いた。無言である。

「あんな寄せ集めの甘ったるい詩を書く男がすることといったら、三文芝居の似非《えせ》ラブロマンスと相場が決まってる。でも、たぶん」

妙子は、詩が掲載された同人誌に、千賀崎が描いたイラストがあったと言われたことを思い出していた。平出直美をロングヘアにした感じだったと。

「同人誌に千賀崎が描いたのは、岡崎真由美だったのよ。甘ったるい詩も、彼女のために書いたもの。岡崎真由美のことだけは、本気の本気で愛していたのよ。平出直美と付き合ったのも、ふたりが似ていたからだと思う」

「浅ましき裏切り　きみの瞳《ひとみ》に」

厚田は詩の一節を復誦《ふくしょう》した。

「偽りの微笑み　偽りの約束　胸を裂く痛み……岡崎真由美が失踪《しっそう》したのは、キッチン田園を退社する数日前だったそうで、交際中の男が年増女と密会しているのを見たと、厨房《ちゅうぼう》のコックにこぼしていたようなんです。相手はキヨイだったんじゃないかと思うんですが」

「二人の間に何があって、彼女が殺されてしまったのか、今となってはわからない。でも、たぶん千賀崎は、真由美さんの遺体だけは手元に置いていたんだわ。一旦《いったん》は軽井沢へ運んだのかもしれないけれど、置いてくることはできなかった」

「すぐに捜査員を派遣しましょう」

そう言って照内は立って行き、厚田だけが残された。一人になると、

「失敗しました」

と、厚田は言った。

「なにを？」

彼は項垂《うなだ》れて、叱られる子供のように呟《つぶや》いた。

「千賀崎を死なせてしまった。これで、何があって岡崎真由美が殺されたのか、ヤツがどうして、七人もの女性を殺さなければならなかったのか、本当のところがわからなくなっちまいました。柴田六朗を殺人犯にしてしまったのも、そうです」

「それはあなたのせいじゃ」「いや」

と、厚田は妙子の言葉を遮った。

「詩のメモを柴田六朗に読ませたとき、彼の表情に気付くべきだった。そうすれば、もっと早く千賀崎清志に辿《たど》り着き、柴田の復讐《ふくしゅう》を止められたのに」

「捜査は単独行動だったってこと？」

「いえ、違います」

「なら、仕方がなかったじゃないの。それよりも、連続殺人を疑って他の犠牲者を見つけられたことを誇るべきよ。せこい官僚根性を切り捨てて、私の話を真摯《しんし》に受け止めてくれたから」

厚田は顔を上げて席を立ち、妙子に向かってお辞儀をした。

「先生。本当にこの度は……いろいろとありがとうございました」

妙子も思わず立ち上がる。その時だった。ノックもせずにドアが開き、ジョージが病室へ飛び込んで来た。先に来たのは両角教授ではなく、彼だった。

「タエコ！　無事か！」

一目散に駆け寄ると、ジョージは妙子を抱きしめた。厚田は面食らって後ずさり、ジョージの肩から首だけ出している妙子に言った。

「それじゃ先生、私はこれで」

待って、と、妙子が言う暇もなく、厚田は逃げるように病室を去り、あとにはジョージの、激しいキスが降ってきた。

全霊でそれを受け止めながらも、妙子は、『待って』の後に何を言うつもりだったのかと自分に問うた。恐ろしい事件に共に向き合ったというだけで、厚田と自分の間には何もない。もしも何かがあったとすれば、それは被害者と加害者が語り尽くせなかった心のひだを、同時に垣間《かいま》見せられたというだけのことだ。

「待って、サー・ジョージ。私は無事よ。苦しい、離して」

それでもジョージは愛撫《あいぶ》してくる。その激しさに、なぜか妙子は千賀崎を思った。

千賀崎は求めていたのだろう。無我流転。ペンネームが示したように、彼は自分という人格を持てず、何者にもなり得なかった。虚構の自分を創り出し、虚構の自分に恋をする、少女たちの虚構と向き合って、壊れれば捨て、壊れれば捨て……それでも強姦《ごうかん》ではなかったと、最期の最後にそう言った。それだけが、彼の人生の真実であったかのように。

「ああ、ごめん。苦しかったかい、なぜ泣くの？」

ジョージは妙子にそう訊いた。その時になって初めて、妙子は自分が泣いていることに気が付いた。

全身が、今さら恐怖で震えていた。遺体を解剖する医師であっても、人が殺されるところを見たのは初めてだ。そのことにすら、妙子はようやく気が付いた。腕の中で消えていく命、生《なま》の血液の温度と粘り、死にゆく者の瞳の濁り。ハラハラと真水のように涙が溢《あふ》れて、これは千賀崎の涙だと妙子は思った。最愛の母に裏切られ、母に突きつけたかった慟哭《どうこく》が、あの瞬間、千賀崎から自分に感染《うつ》されたのだと。

「どうした、どこか苦しいのか？」

ジョージにはただ頭《かぶり》を振って、思うさま妙子は泣き続けた。

看護婦が呼ばれ、鎮静剤を打たれ、ベッドに横たえられたとき、妙子はなぜか、シデムシのことを想っていた。給餌して子育てをするくせに、餌がなくなれば子供を喰らう。まるでキヨイ夫人じゃないか。子供なんか見ていない。彼女が見ていたのは自分自身だ。母親という名の自分であって、息子じゃなかった。千賀崎は誰を殺したのだろう。少女たちか、母親か……そんなことを思う間に、意識は暗黒へ沈んでいった。

翌日。一晩の入院を余儀なくされた妙子は、あと数日は休むようにと、両角教授に命令された。青いネクタイを締めているから、教授としては妙子の見舞いに最大限の敬意を示してくれたということになる。

彼はベッドの端に腰掛け、厚田刑事から電話があって、千賀崎の家の花壇から女性の白骨遺体が発見されたと教えてくれた。遺体は白い布に包まれて、胸の上で両手を組んでいた。指には指輪がはめられており、同人誌を枕にしていたという。

「頭蓋骨《とうがいこつ》から見つかった紙片がまさか、こんな大事件を引き当てるとはねえ」

血色のいい丸顔に笑みを浮かべて、両角教授は妙子に言った。

「ジョージの研究も役に立ったね。警視庁から感謝状が来るかもしれないよ。まあ、きみはご苦労だったがね。法医学が役立って、私の株は上がったよ」

どう答えていいのかわからずに、妙子は曖昧《あいまい》に微笑んだ。

「できれば、すぐ大学に戻りたいです。休んでいるのは憂鬱《ゆううつ》で」

はは。と、教授は笑ってから、掛け布団の上に出ている妙子の手を優しく叩《たた》いた。

「まあね。死因究明室も、優秀な石上君がいてくれないと、ますます立ちゆかなくなってきたしね。町田君が、急に辞めることになったんだ」

「えっ」

そんな話は聞いていない。妙子は心から驚いた。

「嘘でしょ？　なぜ、彼が辞めるんですか」

「理由はまったくわからんのだよ。一身上の都合で辞表が提出されたと、事務局が言ってきた」

「事務局経由で？」

「そうなんだ」

両角教授は悲しそうに俯《うつむ》いた。

「検査技師は臨時採用職だからねえ、無理に引き留めることもできない。町田君は優秀なのに、そもそも雇用形態が間違っていると、私としては思うんだがねえ。特に彼の場合は、十年近くも勤めてくれていたわけだから」

「辞めて、その後どうするんです？」

「わからない。せめて送別会をさせて欲しいと言ったんだがね、荷物をまとめて、出て行ってしまった」

そんなことはあり得ない。彼ほど研究熱心で、しかも実直な検査技師が、仲間に相談も挨拶《あいさつ》することもなく、逃げるように大学を去るなんて。

その瞬間、バットで頭を殴られたように、妙子は指先が冷たくなった。

「町田さんって、いくつだったんでしょうか」

「三十二歳だったかな、今年三十三になるのかな？　たぶんそのくらいだったと思うんだが」

「出身は埼玉でしたよね」

「そうそう。実家が埼玉で、こっちでアパート暮らしじゃなかったかな、臨時職は手当も出ないからね、色々苦労があったと……」

話し続ける両角教授の声を、妙子は聞いていなかった。千賀崎も三十二歳。埼玉の施設に入れられて、たぶん、高校までをそこで過ごした。それは全くの偶然だろうか。彼が柴田に刺されたとき、人垣の奥に町田の姿を見た気がしたのは……。

「石上君、大丈夫かね？　やっぱり顔色がよくないようだが」

――全然違いますよ、石上さんとぼくとでは――

いつか町田が返した言葉に、妙子は、実直で熱心な検査技師の心の闇を知ったと思った。町田と千賀崎が知り合いで、町田が千賀崎の情報源だったとするならば……。

町田が通った高校の名簿を調べたら、そこに千賀崎がいるのではないか。けれどもそれをするならば、自分の深淵《しんえん》を覗《のぞ》き見ることになると、妙子は思った。それは開けてはならないパンドラの甕《かめ》だ。千賀崎は死に、町田は去った。それだけが事実で、その他のことは関係ない。関係ないのだ、関係ない。

「いえ。顔色はもともとこんな程度です。だからやっぱり、明日から研究室に戻らせてください。事件に巻き込まれたせいで論文が遅れたら、私は一生後悔します」

　妙子は教授にそう言った。言葉は教授に向けながら、自分自身に言い聞かせていた。

　窓の外では雨が上がって、真っ青な空が広がっていた。ビルの向こうに、夏を思わせる入道雲が湧いている。

　検死官になるわ。と、妙子は決めた。どんな遺体からも目を逸《そ》らさずに、その声を聞く検死官に。今回の事件は、そのために遭遇させられた試練なのだ。妙子はそう、自分に言って、湧きあがる心の闇を懸命に抑えこんだ。


　芸術家千賀崎清志による少女連続殺害事件というセンセーショナルな出来事は、マスコミを賑《にぎ》わせた。しかも犯人は自らの犯罪を記事に書き、あまつさえ被害者たちの行方を捜索していた。マスコミはこぞってこの事件を報道したが、語られるのは猟奇的な一面ばかりで、千賀崎の心の闇を、真に解き明かそうとする者はいなかった。

　約ひと月後。

　町田を欠いた死因究明室は、さらに忙しくなっていた。新しい検査技師はすぐ補充されたものの、すべてを心得ていた町田の仕事ぶりと比べるべくもなく、研究室の作業は多忙を極めた。

ジョージもまた、日本国内における法医昆虫学の膨大な資料を収集しており、今は死出虫類のDNAバーコードをデータベース化するプログラムの立ち上げに心血を注ぎ出していた。そのためには、最新のコンピューター・マッキントッシュと、相応のソフト、さらに検査装置の導入を検討したいと言い出して、両角教授はその企画書作りの相談まで妙子に振り当ててきたのだった。

季節は七月。めくるめく時の流れに追い立てられながら、妙子が孤軍奮闘していたある日、国際共同研究棟の虫カゴで、妙子はジョージにプロポーズされた。

「ぼくと結婚して欲しい」

研究室の床に冗談のように跪《ひざまず》き、ジョージは指輪を差し出した。もちろん妙子は絶句して、アンティークな箱に鎮座する見事な宝石と、精緻《せいち》な細工に息を呑《の》んだ。デザインはアール・ヌーボー風。一対の鳩がエメラルドを抱いている。

「ちょっと待って、サー・ジョージ。こんな高価なものは受け取れないわ」

「なぜ?」

と、ジョージは訊《き》いてきた。薄い水色の目が怖い。怖いのは、彼が傷つくのを恐れる故だ。

「突然すぎて、心と頭がついていかない。私はまだ院生だし、それに……」

妙子は適当な言い訳を思い付いた。

「解剖医は指輪をしないの。ラテックスが破れてしまうから」

するとジョージは、意外にもパタンと蓋《ふた》を閉じ、立ち上がって、微笑んだ。

「ああ、ごめん。それはちっとも気が付かなくて。一対の鳩は永遠の絆の証《あかし》だ。デザインが気に入って、先走ったかな。タエコに愛を告白するなら、指輪ではなくネックレスにするべきだった」

「いいえ。とても素敵なデザインだと思う」

「でもプロポーズは受けてくれる？　ぼくがここを去る前に」

そう言うと、ジョージは優しくキスをした。客員教授の彼はいつか大学を去って行く。わかっていたことだけど、妙子はとても心が乱れた。

「ねえ」と、至極真面目にジョージは語る。

「ぼくらは共に研究者だ。活躍の場所はどこにでもある。タエコが法医学者になったら、世界中の大学で、自分たちの研究を続けられるよ」

彼のいうことは正しい。けれど妙子は、自分がこの大学を出て、どこか別の場所にいる姿を想像できない。夫を持ち、海外で活躍するなどということは。

「私はまだ法医学者になれていないのよ。先《ま》ずは大学院を出ないと」

「もちろんだ。待つよ」

と、ジョージは言った。

「ただ、約束をしておきたいだけなんだ。きみはぼくの妻になると」

研究室のあちこちで、キュキュ、キュキュ、とシデムシが鳴く。求愛行為の時、そして給餌の時に発する声だ。

妙子は逡巡《しゅんじゅん》していた。自分が誰かの妻になるなど、人生の設計図になかったことだ。遺体と向き合って声なき声を聞き、生きる者にそれを伝える職業を、天職と定めていたはずだ。

「強引に答えを求めはしない。でも、考えておいてくれないか。ぼくがここを出るときは、タエコを連れて行きたいんだ」

「考えておくわ」

そう答えるのが精一杯だった。

不安のタネはそれだけじゃない。今の指輪ひとつとっても、ジョージと自分の境遇は、かけ離れすぎていると思うのだ。おそらく、何もかもが違うはず。育った環境も、育ち方も、価値観も。

ポケットベルが鳴ったのを機に、妙子は虫カゴを逃げ出した。浮かんでいたのは0220という番号で、これは検査結果を当該施設へ取りに来いという指示だった。

220はゲノム診断部。町田が大学を去ってから、こうした雑事も研究者それぞれがしなければならなくなっていた。

大学病院に付属するゲノム診断部へ行ってみると、そちらの検査技師は、いささかお冠のようだった。検査用紙を束にまとめて、妙子の胸に押しつけて来る。

「色男の虫博士に言っておいてくれないかしら」

白衣より割烹着《かっぽうぎ》のほうが似合いそうな、年配の女性検査技師は鼻を鳴らした。

「こっちも虫の検査専属なわけじゃないのよね。しつこいというかなんというか、これって、この前受けた検査依頼と、同じ検体じゃないのかしら？」

妙子は手にした書類に目を走らせた。それは妙子が手配したものではなく、ジョージが独自に依頼したものらしい。検体はヒラタシデムシ、カツオブシムシ、ハネカクシなどとなっている。採取地の項目は白紙であり、日付は一週間ほど前だ。件《くだん》の事件で採取した軽井沢の検体は、すでに検査を終えている。その他に検査を要する事案があっただろうか。心当たりはない。

「この前受けた検査依頼って？」

妙子が訊くと、検査技師は、そんなことも知らないのかという顔をした。

「女性のDNAが出たやつよ。血液型はA型で、染色体XXの、たぶんコーカソイド」

「コーカソイド……白人ってこと？」

検査技師は眉間《みけん》と鼻の頭に皺《しわ》を寄せた。

「現段階でのDNA鑑定に、それほどの精度はないの。つまり予測的観測値に過ぎないってこと」

あんたも科学者の端くれでしょうという顔だ。

「だけど、これって、この前調べたヤドリニクバエと同じ検体のものでしょう？　なーんで、たびたびたびたび検査に回してくるのって話。検査表のコレクションでもするつもり？　こっちだって暇じゃないのよ。あの美男子に言っといて、あたしは英語が上手《うま》くないから」

彼女は蝿を追うように手をヒラヒラさせて、妙子を部屋から追い出した。

コーカソイドの染色体が出たって？

書類を抱いて歩きながら、妙子は首を傾げていた。厚田と関わった事件以外に、ヒトを餌にしたシデムシのサンプルは取っていない。それとも、何かが災いして間違ったデータが導き出されたというのだろうか。ともあれ書類をジョージに届けようと外へ出て、銀杏《いちょう》並木の下を歩いているとき、ふと、思い出したことがある。

死因究明室にカラーコピーが入った日、ジョージのために鑑定書類をコピーした。設定に慣れていなかったから、OHPフィルムを何枚か無駄にして、町田がそれを処分して欲しいと言ったのだ。あのフィルムは、デスクの引き出しに入れたままになっている。

妙子は確かめずにいられなくなった。自然と早足になり、やがて駆け出す。心にひとつの疑念が湧きあがっていたからだった。

死因究明室のドアを引き開けて、誰にも何も告げることなく、自分のデスクに陣取った。引き出しを開け、かき回し、ミスプリントを見つけると、ゲノム診断部から持ち帰った鑑定書にそれを重ねた。卓上ライトに二枚を透かすと、DNAの塩基配列がほぼ重なった。一枚はヤドリニクバエから抽出した肉。一枚は、ヒラタシデムシの口に入っていた肉だ。

「どうして……？」

妙子は自分の記憶に訊いた。

忘れもしない。カラーコピーが入った日。それは妙子が初めてジョージを知った日だ。あの日、軽井沢で掘り出された少女たちの検体は、まだ検査に回していなかった。それ以前に出された検体は、峯村恵子の遺体に付いたシデムシから採取された平出直美のものであり、血液型はBだった。

「それならこれは、いったい誰のサンプルだというの？」

コーカソイド、コーカソイド。頭の中で言葉が巡る。

――女性のDNAが出たやつよ。血液型はA型で、染色体XXの、たぶんコーカソイド――

あの検査技師が言うとおり、DNAの鑑定結果は、まだそれほど正確ではない。でも、これがヒトのDNAで、妙子の知らない誰かのものであることに間違いはない。

知らない誰か……そうなのだろうか……本当に？

妙子は無言で立ち上がり、デスクに広げた鑑定書類と、ミスプリントのOHPフィルムを、引き出しの奥に再び隠した。それから、デスクに貼り付いて書類に判を押している両角教授の前へ行き、頭痛がするので早退させて欲しいと告げて、部屋を出た。

平日の街を足早に抜けて、妙子は一路アパートへ向かった。大家から数軒先のたばこ屋で分厚い電話帳を捲《めく》りながら、あの夜ジョージと行ったレストランの番号を探す。

夜に独りだけの予約を入れたいと申し出ると、席をご用意しますと言ってくれた。

「料理はほとんどいらないの。ただ、ワインを飲ませて欲しいの」

「かしこまりましたマドモアゼル。それでは、お待ちしております」

受話器を置いてアパートへ走る。妙子は薄く化粧して、ジョージがくれたドレスを着た。


午後七時。予約した店に独りで行くと、カウンター近くのラウンジ席に通された。女一人が飲食しても自然に見える素敵な席だ。ボウイが水を運んで来るのを待って、妙子は以前と同じソムリエを呼びたいと言った。

「六十歳くらいのソムリエだったわ。小柄なロマンスグレーの」

はにかむように小首を傾げ、ボウイは答える。

「それは村田《むらた》でございます。呼んで参りますのでしばらくお待ちを」

沈み込むような椅子に掛け、テーブルに揺らめくキャンドルを眺めているうちに、ソムリエがやって来た。ジョージと食事をした時、テーブルに付いてくれた男だ。

「お呼び頂けて光栄です」

と、腰をかがめて村田は言った。

「私、ひと月くらい前に、ここへ初めて連れてきてもらって」

村田は柔らかく微笑んで、

「もちろん覚えておりますとも」と、答えた。

「ツェルニーン様のお連れ様で。あの日のワインはお気に召していただけましたか」

「ええ。とっても」

でも、今日は食事をしたくないので、軽いデザートワインを飲ませて欲しいと妙子は言い、

「彼のお母様も、ここのワインを気に入ってくださったことでしょうね」

と、訊《き》いてみた。

村田は腰の位置に両手を揃えたままで、

「残念ながら、あまりお召し上がりになりませんでした。それでもあなた様のことはお気に召されたようで、ようございましたね」と、微笑んだ。

「そのドレスは、お母様からプレゼントされたのですね？　お二人でお越しになられた時に気が付いておりましたよ。お母様も着てみえましたが、あなた様も素晴らしくお似合いで……ところで今日は、ジョージ様は？」

村田の顔を仰ぎ見たまま、妙子は激しく頭を回転させた。

言われた意味がわからない。わからないなりにも、根掘り葉掘り訊くのは不味《まず》いと感じた。こういう店のソムリエだから、ゴシップは慎むに違いない。だから何もかも心得ているふりで、

「今日は内緒で独りで来たの。先日頂いた赤ワインがあまりにも美味《おい》しくて、白ワインも飲んでみたくなって」と、誤魔化した。

「はしたないと思われたくないから、どうかご内密にね」

この作戦は的を射た。

「もちろんですとも。お母様は赤ワインしかお召し上がりにならないからですね。それでは今夜はどうされますか。軽い飲み口のものから、順にお試しになりますか？」

よろしく。と、答えたものの、妙子は耐えきれずに水を飲んだ。

緊張で指先が冷えてくる。

お母様のドレス。と、村田は言った。つまり、ジョージは母親と、自分よりも先にこの店に来ていたことになる。母がイギリスからやってくるから、レストランを下見に行きたい。ジョージはそう言って、私を誘ったのではなかったか。

村田はすぐに戻ってきて、ほどよく冷えた白ワインを勧めた。見よう見まねでテイスティングすると、妙子はワインを注いでもらった。

「あれからジョージは、お母様を？」

どうとでも取れるように訊《たず》ねてみると、村田は少し困った顔をした。

「いえ。二度ほどお見えになりましたが、マドモアゼルがおいでになって以降は……」

「そうなの。では、次は三人で来ることにするわ。ご迷惑でなかったら」

水を向けると、村田は曖昧《あいまい》な笑い方をした。

「もちろんお待ちしておりますとも。私共の不勉強で、不愉快な想いをさせてしまって申し訳なかったと、お母様にはお伝えください。次回お越しになられるときには、相応のワインをご用意させて頂きますので」

その返事から、妙子は、ジョージと母親の食事会が二回とも失敗に終わったことを知った。母親は気難しい人だとジョージは言った。だからこそソムリエは、同じドレスを着てきた自分を、母親が認めた相手と思ったのだ。でも逆に、そんな彼女が自分のドレスを、どこの馬の骨ともわからない女に贈るだろうか。

足下からザワザワと、得体の知れない寒気が襲う。

「私たちのほうこそ、ご迷惑をかけてごめんなさいね。彼もとても気に病んでいて……そうね、あれは、いつだったかしら」

「六月の、たしか頭でございましたか。六月にちなんだワインをと、お出ししまして
お叱りを受けたものですから、よく覚えてございます」
飲んだばかりのワインを吐きそうになり、妙子はナフキンで口元を覆った。視線を
逸《そ》らすと村田は下がり、後には程よい照明と、優雅なクラシック音楽だけが残された。
フルーツとチーズのカナッペも、高価なデザートワインも、もういらない。妙子は
トイレへ立ってゆき、便器の中にワインを吐いた。見事なドレープの高級ドレス。ジ
ョージが見せた豪華な指輪も、どちらも母親の持ち物だ。彼女とジョージは同じ頃に
来日し、ここで夕食を取ったのだ。
——二度ほどお見えになりましたが、マドモアゼルがおいでになって以降は——
母親はどこにいる？　高級ドレス、宝飾品、それらを置いて、どこにいる？
——女性のDNAが出たやつよ。血液型はA型で、染色体XXの、たぶんコーカソ
イド——
妙子は再び便器に吐いて、涙を拭《ふ》きながら立ち上がった。
——ぼくと結婚して欲しい——
ジョージの言葉が心臓に刺さる。
——ぼくらは共に研究者だ。活躍の場所はどこにでもある。タエコが法医学者にな

ったら、世界中の大学で、自分たちの研究を続けられるよ――同時に、ゲノム診断室の検査技師の言葉も思い出された。――なーんで、たびたびたびたび検査に回してくるのって話。検査表のコレクションでもするつもり？――

突然妙子は閃《ひらめ》いた。ジョージがバックパッカーだったのは、母親から逃げるためではないかと。

――興奮したんだ――あの日、ジョージの瞳《ひとみ》に浮かんだ怪しい光を思い出す。――だって、すごいことだろう。森で最も強い牡鹿《おじか》が小さな虫に喰《く》い尽くされる……それが興味の始まりだった。やがて、ぼくは知ったんだ……人間の、最大の敵もまた虫だってことを――

「人間の、最大の敵が欲しかったんじゃない」

便器に傅《かしず》いて妙子は言った。

「あなたは、サー・ジョージ。母親の、最大の敵が欲しかったのよ」

だからドレスを私に着せた。

勝利を確信するために。母親がもう、それを拒めないと知る為に。

便器を抱えた指先が震える。そして妙子はまた吐いた。

ジョージが自分のどこに惹《ひ》かれたか。それも妙子はわかったと思った。いつだったか、ジョージは妙子の指を開かせて、手のひらの形をまじまじ見ながらこう言った。

——こんなに華奢《きゃしゃ》な手で、遺体を解剖するんだね——

人の遺体を解剖する自分に、ジョージはシデムシと同じ力を見たのだ。

彼との情事を思い出し、おぞましさに、また吐いた……愛して、憎んで、愛して、憎んで……

ふふっと、どこかで千賀崎が嗤《わら》う。

妙子は手の甲で唇を拭《ぬぐ》い、立ってトイレを飛び出した。会計を済ませて外に出て、タクシーを拾って大学へ戻る。明かりの消えた死因究明室からOHPフィルムをつかみ出し、国際共同研究棟の虫カゴへ走り、合い鍵《かぎ》を使って中に入った。

そこにはデータベース化するために調べ出された死出虫類のDNAが、フィルムになって残されている。ファイルをめくり、検体名を調べ、やがて妙子は、『№○○・検体：ヒラタシデムシ・採取地：三四郎池・狸』と記載されたフィルムを抜き出した。

三四郎池の狸に群がっていたヒラタシデムシのDNAだ。狸は池からいなくなった。狸は池から持ち出されたのだ。虫たちと一緒に運ばれていった。たぶん、たぶん……

シデムシ自体の塩基配列バーコードを、今日出た検査結果に重ね、ライトボードに載せてみる。

ふたつが同種同系のシデムシだったと知った時、妙子は、大声を上げて泣き崩れた。

エピローグ

西荒井警察署の刑事課に東大法医学部の石上妙子なる人物から電話が掛かってきたとき、厚田巌夫は荒川河川敷で発見された峯村恵子の事件調書を作成していた。

そういえば、事件が解決した暁には、焼き肉と大ジョッキのビールを奢《おご》る約束になっていた。てっきりその件だろうと電話に出ると、相手は、訊《き》いたことのない声色で、喘《あえ》ぐようにこう言った。

「厚田刑事……お願いがあるの」

「え。先生、なんて声をしてるんです？　どこか具合が悪いんじゃ」

「明日、私に付き合って欲しいんだけど」

妙子にしては歯切れの悪い言い方をする。

「付き合うって、いったい、どこにです？」

「十時に本郷三丁目駅で会いましょう」

「え、ええ、ちょっと待ってくださいよ。こっちにも都合がですね」

厚田が言うと、妙子は叫ぶような言い方をした。

「私に借りがあるわよねっ？」

「え、そりゃ、まあ」

「待っているわ」

ガチャン！　と激しい音を立てて、電話は切れた。

昨日からどうしても体調が悪くて、今日は休ませて欲しいと死因究明室に電話して、妙子は駅で厚田を待った。

厚田に電話すると決めたとき、自分はパンドラの甕《かめ》に手を掛けたのだ。今頃ジョージは大学におり、自分が休んでいると知ったとしても、アパートに固定電話はないし、アパートの場所も知らない。電話を引きそびれていたことが役に立つなんて皮肉なものだ。

行き交う学生たちから視線を逸《そ》らして、妙子はスパスパと煙草を吹かす。指先が病人のように震えてしまい、それが惨めで仕方がなかった。

いつだったか、ジョージのコンドミニアムに電話したとき、電話の背後で音がしていた。砂嵐のような細かいノイズ。あの時は、電波状態が悪いと思ったが、でもあれは、たぶんあれは、夥《おびただ》しい肉蝿の羽音だったのだ。人間一人に湧く蝿の量は凄《すさ》まじい。蛹《さなぎ》が積もるし、小さな蝿の死骸は楽々と一室を埋める。でも、ジョージがそれをしたならば、蝿以外のあらゆる虫がそこにはいて……

妙子は拳《こぶし》を握りしめ、宙に煙を吐き出した。湿った苔《こけ》のような肌の触感を思い出す。体温が低く、柔らかく、滑らかで大きいジョージの肌。望んで開いた自分の体を包み込んでいた愛《いと》しい肌だ。ぞくりと悪寒が背筋を走り、妙子は煙草を揉《も》み消して、両方の腕に自分を抱いた。

自分は何を知ろうとしているのだろう。この甕を開けたら総《すべ》てを失う。戻ることはもうできない。ゼウスがパンドラに開けさせたのは、災厄を封印した不幸の甕だ。

「あ。先生どうも、お待たせしてしまいまして」

のほほんとした調子で、厚田が改札を抜けてくる。

妙子は黙って踵《きびす》を返し、厚田の前を歩き出した。

「先生、お久しぶりですね」

「ほんとね」

「その後、おかわりありませんか」

妙子は足を止めて、振り向いた。鳩が豆鉄砲を食ったような、厚田の顔がそこにある。

「おかわりあったら、あなたを呼んじゃいけないの？」

こんなのはただの八つ当たりだ。わかっているのに止められない。

「ああ……悪かったわ。ごめんなさい」

妙子は自己嫌悪に苛《さいな》まれながら先へ行く。厚田は悪びれもせずについてきた。

「いったいどこへ行くんです？　まさかこんな時間から、焼き肉とビールじゃないですよねえ？」

あまりにも呑気《のんき》な問いだが、笑えなかった。そういえば、そんな約束を取り付けた気がする。

「大学のコンドミニアムに、一緒についてきて欲しいの。もしも何もなかったら、私が、焼き肉とビールを奢るわ」

「え？　そりゃまたいったい、どういうわけで」

「どういうわけもこういうわけも、行ってみなけりゃわからないのよ」

それきり二人は無言になって、ぐんぐんその先へ歩いて行った。キャンパスから二駅ほど離れた場所に、大学が国から借りた施設がある。払い下げられたコンドミニアムに手を加え、大学関係者に貸し出しているのだ。予算が乏しいからなのか、巨大化した木々にまで手入れが回らず、敷地内は鬱蒼《うっそう》とした雰囲気だ。モミ科の針葉樹が縦横に枝を張り、建物の周囲は薄暗い。大都会の真ん中にこんなスペースがあることは、むしろ贅沢《ぜいたく》なのかもしれないが。

「ここはいったい、どういう施設で？」

辺りを見回して厚田が訊《たず》ねる。妙子はポケットからタグのついたキーを取り出した。

「大学関係者の宿泊施設になっているの。ご覧の通りに薄暗いから、大抵は数ヶ月住むと、自腹で家賃を足したとしても、みんな他へ移りたがるわ。二部屋しかないし、湿気も多いし」

「はあ、なるほど。でも、でっかい木に囲まれているから、夏なのに涼しいですねえ」

「蚊が多いのよ。蚊の研究に使えるくらい。蛇もいるかも、もしかしたら」

「え、本当ですかっ」

厚田が飛び上がったので、ようやく妙子は少しだけ笑った。

手の中で弄《もてあそ》んでいるのはジョージの部屋の合い鍵《かぎ》だ。自分が世話人になっているから、最初の時に両角教授から渡された。けれど実際に使うこともなく、事務局へ返そうと思いながら、そのままになっていたものだ。面倒臭がりな性格は、思わぬところでばかり役に立つ。

タグの番号を確認して、妙子は建物のひとつに近づいた。

コンドミニアムは平屋の造りで、一棟に四世帯が連なっている。大学が所有するのは二棟だが、そのほとんどが空き室だ。ジョージの棟の入居者は二名。それぞれ両端を使っている。玄関ドアの他は小さな窓があるキッチンとトイレ、反対側に、物干し兼ベランダに出るためのサッシがある。妙子らはベランダ側から建物に近づいていたが、どの部屋もカーテンが閉まっており、内部は見えない。

「おや?」

棟に近づいたとき、厚田が言った。

「研究者ってのは妙ですねえ。窓を開けたりしないんでしょうか」

その言葉だけで、妙子はざわりと鳥肌が立った。

「どうしてそんなことを訊くの?」

「ええ。だって、そこの部屋」

厚田が指すのは間違いなくジョージの部屋だ。ベランダに出るサッシにカーテンが掛かっている。

「何かで押していますよね？　ほら、カーテンのヒダが真っ平らだ。たぶん、内側に壁を付けているんでしょう。これじゃサッシを開けられないし、日光も入らない」

胃の裏側が痙攣《けいれん》する。妙子は大きく息を吸い、生唾《なまつば》を呑《の》み込んだ。

「見て欲しいのは、この部屋なの」

声も若干震えてしまった。

「え、ここですか？」

妙子は腕を伸ばして、厚田に合い鍵を差し出した。厚田の手に一旦《いったん》はそれを載せようとしたが、思い直して、また握る。

「いい。私が開けるわ」

「はい、え？」

事情など何も知らない厚田を従え、妙子は大股《おおまた》で玄関に向かった。部屋番号を確認し、ドアに合い鍵を差し入れる。息を吸い、鍵を回すと、甕が開く音がした。

ゆっくり扉を開けて、耳を澄ませてみたが、羽音のノイズは聞こえない。その代わり、換気扇の回る音がしていた。恐る恐る息を吸う。無意識に探しているのは、あの臭いだ。だが悪臭がもっとも顕著になるのは死後二週間を過ぎたあたりで、母親がレストランを訪れた頃から推測すると、すでに乾燥が始まっているはずだ。ドアノブに、手が貼り付いてしまった気がする。妙子は一瞬目を瞑《つぶ》り、一気にドアを引き開けた。畳半畳ほどの玄関ホールには、空の袋が積み上がっていた。肥料でよく見る十四リットルサイズ。中身は消石灰だったらしい。

「あれ」

と、厚田は声を上げ、すぐに黙った。異様な気配に気が付いたのだ。

妙子は消石灰の袋を踏みつけて玄関に入り、ヒールを脱いで框《かまち》に上がった。後ろから厚田が腕を引くので振り向くと、彼は微《かす》かに頷《うなず》いて、妙子を押しのけ、先へ行った。キッチンで換気扇が回り続ける。そのせいで、玄関から風が入って髪をなぶった。昼間だというのに室内は暗く、照明のスイッチがどこにあるのか妙子は知らない。玄関前は短い廊下で、片側がキッチン、反対側がサニタリースペースだ。突き当たりにドアがあり、奥が二部屋になっている。

厚田は妙子を庇《かば》うように手を伸ばして壁を探り、指先に触れたスイッチを押した。キッチンに明かりが灯《とも》った。シンクとコンロ、小さなテーブルがひとつ置かれたキッチンは、調理器具の代わりにアウトドア用のバーナーコンロとクッカーが置かれていた。テーブルに積み上げてあるのはシャーレの山だ。テープでマーキングして、中に虫が入っている。

厚田は妙子を振り返った。シャーレの中身を見たせいで、住人が誰か気付いたのだ。その視線にいたたまれずに、妙子はサニタリースペースの扉を開けて、中に入った。内部は全くの空だった。振り返ると、厚田が廊下で待っている。

「あとは俺が調べます。先生、外に出てますか？」

頭の裏側が、ぐわんぐわんと回っていた。見るもの聞くものすべてに現実感がなく、ビデオ映像に映る自分を観ているようだった。それでも妙子は唇を嚙《か》み、

「いいえ。ここにいるわ」と、厚田に言った。

パンドラの甕《かめ》を開けるのは自分だ。なぜなら、自分もまた、パンドラだから。

厚田は一瞬だけ哀れむような目つきをして、それから妙子に背中を向けた。

ここまで近づけば、もはや疑いようもない。消石灰をまき散らそうと、厚田の髪から柑橘《かんきつ》系のムースが香っていようと、妙子の鼻腔《びこう》は知っている。乾燥が始まった遺体の臭い。タンパク質が変質した、干物のような臭いがしている。夥《おびただ》しい虫が分泌する特殊な臭いも。

わずか二メートル。その距離を、厚田は厳粛に進んで行く。厳粛というのも妙な話だが、厚田の動きはそうだった。ポケットからハンカチを出してドアノブを握り、彼は妙子を振り向いた。

馬鹿じゃないの。どうしてあなたが、泣きそうな顔をしているのよ。

カチャリ。ノブを回す音がして扉が開き、屍臭《ししゅう》と共にアロマが香った。一つ目の部屋はほぼ空で、フローリングの床で巨大なアロマキャンドルが、すり鉢状に溶けた蠟《ろう》をチラチラと燃やし続けていた。そばには一人用のトレーが置かれ、高価なティーカップに冷えたミルクティーが入っていた。女性用の旅行バッグとトラベルケースが隅にあり、蓋《ふた》が開いて中身が散乱している。高価なドレス、高価な下着、高価なコート、高価な帽子。ネックレス、ブローチ、ハンカチーフに薔薇《ばら》のコサージュ。妙子は目眩《めまい》がして頭を押さえた。

厚田は床にしゃがんでミルクティーを調べ、濡《ぬ》らした指の匂いを嗅《か》いだ。

「高そうなお茶ですね。色もきれいだ」

誰の為のお茶なのか。それを思うとゾッとした。

ジョージは壊れているのだろうか。初めから、狂気の世界の住人だったというのだろうか。妙子は毅然《きぜん》と顔を上げ、こみ上げて来るものを飲み下す。

「その部屋が、最後ね」

厚田に言って、扉の前に進み出た。最後の部屋はドアではなく、両開きの引き戸になっている。一部屋が八畳ほどなので、開けて二部屋をつなげられる構造だ。

「俺が」

と、言う厚田を手で制し、

「やらせてちょうだい」と、妙子は頼んだ。

「私が始めたことだから、自分で知らなきゃならないの」

扉に手を掛け、息を吸う。一瞬固く目を閉じると、覚悟は決まった。

ゆっくりと両側に開く。その瞬間、紛れもない臭いが嵐のように溢《あふ》れ出てきた。手前の部屋から奥の部屋へ、照明の明かりが差し込んでいく。床に積もっているのは肉蠅の死骸《しがい》だ。二センチほどの厚みになっている。

厚田が言ったとおり、サッシ部分は壁で塞《ふさ》がれ、天井から巨大な天蓋《てんがい》が下がっていた。消石灰がぐるりと天蓋を囲んでおり、這《は》う虫の逃亡を防いでいる。それでもハネカクシなどは天蓋から垂れるカーテンを伝って天井に溢れ、時々、雨粒のように降ってくる。随所に散らばる針のような毛は小鳥に毟《むし》られることもなく毛と骨だけになった狸のものだ。天蓋の中に何かがいるが、ジョーゼットのカーテンに覆われて見えない。厚田と妙子は同時に言った。

「私が行くわ」「いや、俺が」

妙子は薄く、厚田に笑った。

「頑固な新米刑事さん。それじゃ、もう一度靴を履いて、頭から上着を被《かぶ》りましょう。ハネカクシは滅多に刺したりしないけど、うっかり潰《つぶ》すと、体液で皮膚が焼けるのよ」

「げ。そうなんですか」

そうして二人はフードのように上着を被り、一緒に天蓋の前に立ったが、カーテンを開ける必要はなかった。室内の照明を点《つ》けたので、薄いカーテン越しに中の様子がわかったからだ。天蓋の中にはベッドが置かれ、ミイラ化した女が眠っていた。真っ白な枕には乾涸《ひか》らびた深紅の薔薇が撒《ま》かれて、美しくカールした白髪交じりのプラチナブロンドが散っている。カッパリと開けた口には無数のシデムシが湧いており、子供たちに給餌の真っ最中だ。窪《くぼ》んだ眼窩《がんか》には白い眼球が残っていたが、隙間からムカデが出入りして、首から下の皮膚はカツオブシムシが喰《く》らっている最中だ。

胸の上で組んだ両手はほぼ白骨化して、中指にエメラルドの指輪が光っていた。

一対の鳩が宝石を抱く。それがあの指輪だとわかった瞬間、妙子は口と腹を押さえて部屋を飛び出していた。

間に合わず、玄関を出たところで地面に吐いた。厚田がすぐにやって来て、不器用に背中を叩《たた》いてくれる。何か言おうと口を開くと、また吐き気が襲ってきた。遺体なんか見慣れている。もっと酷《ひど》い状態のものも。死後二週間程度のものも。

それでも吐き気は治まらず、妙子は泣きながら吐き続けた。大学の誰かにこんな醜態を見られたら、生涯教鞭《きょうべん》なんか執れやしないと考えながら。

どれほど時が経ったとしても、妙子はこの日のことを、きっと悪夢に見続けるだろう。厚田が警察へ電話して、水を持って帰って来た。妙子はその水でうがいをし、残った水を手に注ぎ、かまうことなく顔を洗った。気が付くと、厚田がハンカチを差し出していた。

無言で受け取り、顔を拭《ふ》いたが、止まらない涙が恥ずかしくて、思い切り洟《はな》をかんで、それを返した。厚田は不器用に微笑んで、

「スッキリしましたか？」と、聞いてきた。

バカじゃないの？　すっきりなんて、するはずない。

妙子はそう言いたかったが、口から出たのは全く別の言葉だった。

「女なんかやめる。今日限り」

「へえ、じゃ、何になるんで？」

「執念深い検死官よ。初めからそのつもりだったけど」

厚田は笑ってハンカチを受け取り、それをポケットにねじ込んだ。

後に妙子は、時々思うことになる。あのハンカチを、厚田は結局どうしたのだろうと。

女なんかやめる。そう決めた妙子が次にうちひしがれたとき、やっぱり厚田がそばに居た。ジョージに対する調書を作成するために、事情聴取に来ていたのだが、その時、妙子はまさに運命を呪っていた。女という性《さが》は侮れない。妊娠を知るのに検査キットなど必要ないのだ。いつもと違う体の変化に妙子は気付き、自分がどう決めようと、女は女をやめることができないのだと思い知らされた。

いいえ、それでも。そう思った微《かす》かな希望も虚《むな》しく散って、検査結果は陽性だった。

妙子はお腹にジョージの子供を宿していた。

「先生、調書もですが、約束がまだでした」

消沈する妙子に厚田は言った。

「どうですか。今夜、焼き肉を奢《おご》りますよ。もちろんビールも」

捨て鉢で厚田の誘いに乗ってはみたが、妙子は焼き肉を食べられなかった。店の暖《の》簾《れん》をくぐったとたん、肉を焼く臭いに耐えきれず、妙子は店を飛び出して、路上の植え込みに生唾《なまつば》を吐いた。間違いなく、つわりが始まっていたのだった。

「調子が悪けりゃ、またにしましょう。強引に誘って悪かったです」

厚田は静かにそう言った。

「先生の体調がいい時に、また来ることにしましょうや。焼き肉屋は逃げないんで」

「そうね。その時は大ジョッキ二杯で」

無理に嫌みを言ってみる。

「何杯でも」

「私、酒癖が悪いのよ」

「そんな感じですね」

と、厚田は笑う。

「呑《の》んだらあなたに絡むわよ」

「望むところで」

妙子は自分のハンカチで口を拭《ぬぐ》った。

そういえば、厚田は今日、一本も煙草を吸わなかった。

「ばーか」と、厚田に言ってみる。

「お互い様で」

と、彼は答えた。季節は夏になっていた。

夜でも都会は蒸し暑く、摩天楼の彼方《かなた》に満月が浮かぶ。

このところ食べ物をろくに受け付けない。甘いものばかり欲しくなるのも、つわりで偏食が始まったせいだ。

「落ち着きましたか？　少し歩きますか」

そういう厚田の後ろをついていきながら、妙子は若い厚田の背中を眺めた。

自分は何者になろうというのか。選びに選んだ人生を、これからも選び続けることができるのだろうか。平らなお腹に妙子はそっと手をやった。産むことは決めていた。日々運ばれてくる遺体に向き合い、彼らの声を聞く自分だからこそ、その声を、生きる者らに伝えなければならない。だからこそ自分は、母親になるのだ。

「ここにあるのは、私じゃなくて、あなたの命よ」

俯《うつむ》いて、お腹に囁《ささや》く。分化し続ける細胞の、心臓の鼓動が答えた気がした。

「ああ、先生、ちょっと待って」

コンビニの前で厚田は言い、中に入って、すぐに出て来た。袋にも入れずに持って来たのは、薄い一枚の板チョコだった。

明治のミルクチョコレート。

彼はいそいそと銀紙を剝《む》くと、それを妙子に差し出した。

「焼き肉じゃ、ありませんがね。これならお腹に収まるんじゃないかと思って。なんですか、ものの本によると、チョコレートは体にいいみたいで」

「妊婦の体にいいって、そう言ってる？」

意地悪な訊《き》き方をすると、厚田は耳まで真っ赤になった。

「いえ、あの、その」

「いただくわ」

チョコレートは冷えていて、美味《おい》しかった。この世の中に、まだこんなにも美味しいものがあったのかと思うほど。

妙子は貪《むさぼ》るように半分食べて、ニコニコと自分を見守る厚田を睨《にら》んだ。

「なによ。あなたも欲しかったの？」

「や。別にそんなつもりじゃ」

厚田は両手を振ってから、その手で自分の頭を搔《か》いた。照内にそっくりだと妙子は思った。

「先生、いい月ですね」

「そうかしら」

「見て下さい。やっぱり、いい月ですよ」

それきり無言の厚田の上に、妙子は黄金の月を見た。あの上に、あの月の、そのまた上の遠いどこかに、神々の国はあるのだろうか。ゼウスはそこで、土で創られたパンドラが、この世に災厄をまき散らしたのを、ほくそ笑んで見ているだろうか。

「クソ食らえだわ」

妙子は見えないゼウスに言った。

「え。俺ですか？」

と、厚田は訊く。

うろたえ方が可笑《おか》しくて、妙子は笑わずにいられない。本当に、久々に笑った気がした。

笑っていれば、笑うことができさえすれば、何も怖くはないと思えた。女で結構。執念深い、変態女性検死官で結構。大切なのは、私が私であることだ。

妙子と厚田は月を見上げる。夜空に月があることを、厚田にまた、気付かせてもらった。

パンドラが甕《かめ》を開けたとき、小心ゆえ外へ出られなかったものがある。
あらゆる災厄が地に溢《あふ》れ、人間たちを苦しめたとき、ようやくそれは外へ出た。
そのものの名前は『希望』という。

……Her life leads to other stories.

【主な参考・引用文献】

『〈物語〉日本近代殺人史』山崎 哲（春秋社）
『元報道記者が見た昭和事件史 歴史から抹殺された惨劇の記録』
石川 清（洋泉社）
『丑三つの村』西村 望（徳間文庫）
『仕事と日』ヘーシオドス 松平千秋／訳（岩波文庫）
「恙なき遺体」小松亜由美（『小説幻冬』所収）
国立環境研究所 国環研ニュース31巻6号
https://www.nies.go.jp/kanko/news/31/index.html
DDBJ；DNA Data Bank of Japan レポート・統計 DDBJアーカイブ
http://www.ddbj.nig.ac.jp/ddbjnew/archive-j.html

本書は書き下ろしです。

この作品はフィクションです。実在の人物、団体、事件等とは一切関係ありません。

パンドラ　猟《りょう》奇《き》犯罪検《はんざいけん》死《し》官《かん》・石上《いしがみ》妙《たえ》子《こ》
内藤《ないとう》 了《りょう》

角川ホラー文庫　20308

平成29年４月25日　初版発行
令和６年11月15日　10版発行

発行者――山下直久
発　行――株式会社KADOKAWA
〒102-8177　東京都千代田区富士見2-13-3
電話 0570-002-301（ナビダイヤル）
印刷所――株式会社KADOKAWA
製本所――株式会社KADOKAWA
装幀者――田島照久

●お問い合わせ
https://www.kadokawa.co.jp/（「お問い合わせ」へお進みください）
※内容によっては、お答えできない場合があります。
※サポートは日本国内のみとさせていただきます。
※Japanese text only

ISBN978-4-04-104765-1　C0193

角川文庫発刊に際して

角川源義

第二次世界大戦の敗北は、軍事力の敗北であった以上に、私たちの若い文化力の敗退であった。私たちの文化が戦争に対して如何に無力であり、単なるあだ花に過ぎなかったかを、私たちは身を以て体験し痛感した。西洋近代文化の摂取にとって、明治以後八十年の歳月は決して短かすぎたとは言えない。にもかかわらず、近代文化の伝統を確立し、自由な批判と柔軟な良識に富む文化層として自らを形成することに私たちは失敗して来た。そしてこれは、各層への文化の普及滲透を任務とする出版人の責任でもあった。

一九四五年以来、私たちは再び振出しに戻り、第一歩から踏み出すことを余儀なくされた。これは大きな不幸ではあるが、反面、これまでの混沌・未熟・歪曲の中にあった我が国の文化に秩序と確たる基礎を齎らすためには絶好の機会でもある。角川書店は、このような祖国の文化的危機にあたり、微力をも顧みず再建の礎石たるべき抱負と決意とをもって出発したが、ここに創立以来の念願を果すべく角川文庫を発刊する。これまで刊行されたあらゆる全集叢書文庫類の長所と短所とを検討し、古今東西の不朽の典籍を、良心的編集のもとに、廉価に、そして書架にふさわしい美本として、多くのひとびとに提供しようとする。しかし私たちは徒らに百科全書的な知識のジレッタントを作ることを目的とせず、あくまで祖国の文化に秩序と再建への道を示し、この文庫を角川書店の栄ある事業として、今後永久に継続発展せしめ、学芸と教養との殿堂として大成せんことを期したい。多くの読書子の愛情ある忠言と支持とによって、この希望と抱負とを完遂せしめられんことを願う。

一九四九年五月三日

ON

猟奇犯罪捜査班・藤堂比奈子

内藤 了

凄惨な自死事件を追う女刑事！

奇妙で凄惨な自死事件が続いた。被害者たちは、かつて自分が行った殺人と同じ手口で命を絶っていく。誰かが彼らを遠隔操作して、自殺に見せかけて殺しているのか？　新人刑事の藤堂比奈子らは事件を追うが、捜査の途中でなぜか自死事件の画像がネットに流出してしまう。やがて浮かび上がる未解決の幼女惨殺事件。いったい犯人の目的とは？　第21回日本ホラー小説大賞読者賞に輝く新しいタイプのホラーミステリ！

角川ホラー文庫

ISBN 978-4-04-102163-7

CUT

猟奇犯罪捜査班・藤堂比奈子

内藤 了

死体を損壊した犯人の恐るべき動機…

廃屋で見つかった5人の女性の死体。そのどれもが身体の一部を切り取られ、激しく損壊していた。被害者の身元を調べた八王子西署の藤堂比奈子は、彼女たちが若くて色白でストーカーに悩んでいたことを突き止める。犯人は変質的なつきまとい男か？ そんな時、比奈子にストーカー被害を相談していた女性が連れ去られた。行方を追う比奈子の前に現れた意外な犯人と衝撃の動機とは!? 新しいタイプの警察小説、第2弾！

角川ホラー文庫

ISBN 978-4-04-102330-3

LEAK

猟奇犯罪捜査班・藤堂比奈子

内藤 了

死体には、現金が詰め込まれていた…

正月の秋葉原で見つかった不可思議な死体。不自然に重たいその体内には、大量の小銭や紙幣が詰め込まれていた。連続して同様の死体が発見されるが、被害者の共通点は見つからない。藤堂比奈子ら「猟奇犯罪捜査班」の面々は、警視庁の合同捜査本部でその「リッチマン殺人事件」に取り組むことになる。そこに比奈子宛の怪しい電話が入り……。現代社会の闇が猟奇的殺人と共鳴する、新しいタイプのヒロインが大活躍の警察小説、第4弾！

角川ホラー文庫

ISBN 978-4-04-102612-0

ZERO
猟奇犯罪捜査班・藤堂比奈子

内藤 了

比奈子の故郷で幼児の部分遺体が！

新人刑事・藤堂比奈子が里帰り中の長野で幼児の部分遺体が発見される。都内でも同様の事件が起き、関連を調べる比奈子ら「猟奇犯罪捜査班」。複数の幼児の遺体がバラバラにされ、動物の死骸とともに遺棄されていることが分かる。一方、以前比奈子が逮捕した連続殺人鬼・佐藤都夜のもとには、ある手紙が届いていた。比奈子への復讐心を燃やす彼女は、怖ろしい行動に出て……。新しいタイプのヒロインが大活躍の警察小説、第5弾！

角川ホラー文庫

ISBN 978-4-04-104004-1

ONE

猟奇犯罪捜査班・藤堂比奈子

内藤 了

傷を負い行方不明の比奈子の運命は!?

比奈子の故郷・長野と東京都内で発見された複数の幼児の部分遺体は、神話等になぞらえて遺棄されていた。被虐待児童のカウンセリングを行う団体を探るなか深手を負った比奈子は、そのまま行方不明に。残された猟奇犯罪捜査班の面々は各地で起きた事件をつなぐ鍵を必死に捜す。そして比奈子への復讐心を燃やしている連続殺人鬼・都夜が自由の身となり向かった先は……。新しいタイプのヒロインが大活躍の警察小説、第6弾！

角川ホラー文庫

ISBN 978-4-04-104016-4

ISBN 978-4-04-104764-4